이토록 아름다운 세 살

아멜리 노통브 소설 · 전미연 옮김

이토록 아름다운 세 살

초판 12쇄 2019년 7월 15일
개정판 1쇄 2026년 1월 12일

지은이·아멜리 노통브
옮긴이·전미연
펴낸이·김종해

펴낸곳·문학세계사
출판등록·제21-108호(1979. 5. 16)
주소·서울시 마포구 신수로 59-1(04087)
대표전화·02)702-1800
이메일 munse_books@naver.com
홈페이지 www.msp21.co.kr

ISBN 979-11-93001-83-7   (03860)

이토록 아름다운 세 살

아멜리 노통브 소설 · 전미연 옮김

옮긴이 전미연

서울대 불문과 졸업. 파리 통번역 대학원(ESIT) 불어과 수료. 한국 외국어대 통번역 대학원 불어과 졸업. 불어 인터넷 학습 사이트인 넷프랑스(www.netfrance.co.kr) 운영. 번역서로 엠마뉘엘 카레르의 『겨울 아이』, 『콧수염』, 아멜리 노통브의 『두려움과 떨림』, 폴 콕스의 『예술의 역사』, 파트릭 지라르의 『명장 한니발 이야기』 3부작, 자크 베르니에의 『환경』, 『왕자의 특권』이 있다.

Métaphysique des tubes

by

Amélie Nothomb

Métaphysique des tubes

태초에 아무것도 없었다. 그 없음은 공(空)도 불확실함도 아니었다. 그냥 무(無) 그 자체였다. 그것은 신이 보기에 좋았다. 아무리 대단한 것을 줘도 신은 아무것도 창조하지 않았을 것이다. 신은, 무(無)의 상태가 단순히 마음에 드는 정도가 아니었다. 신은 무(無)에서 충만감을 느꼈다.

신(神)의 눈은 항상 뜨여 있었고, 움직이지 않았다. 눈이 감겨 있었더라도 하나도 달라지지는 않았을 것이다. 볼 게 하나도 없었고, 신은 아무것도 응시하지 않았기 때문이다. 신의 삶은 달걀처럼 가득하고 빽빽했다. 둥글둥글하고 움직이지 않는 것도 삶은 달걀과 똑같았다.

신은 절대적인 만족이었다. 그는 아무것도 바라지 않

고, 아무것도 기대하지 않고, 아무것도 느끼지 않고, 아무것도 거부하지 않고, 어디에도 관심이 없었다. 이 정도로 충일한 삶이어서 삶이라고 볼 수도 없었다. 신은 살아 있는 게 아니고, 존재한 것이다.

신이 느낄 수 있을 만한 존재의 시작은 없었다. 현란한 문구로 시작하는 책이 아니면, 아무리 대단한 책이라도 조금 읽다보면 첫 문장이 잘 생각나지 않는다. 그리고 아득한 옛날부터 그 책을 읽고 있었던 것 같은 느낌이 든다. 이와 비슷하게, 어느 순간부터 신이 존재했는지 살펴보는 것은 불가능한 일이었다. 신은 너무나 오래 전부터 존재하는 것 같았다.

신에게는 언어가 없었다. 따라서 생각도 없었다. 신은 포만이고, 불멸이었다. 이 모든 게 신(神)이 정말 신이라는 사실을 극명하게 입증하고 있었다. 그런데 이런 명백한 사실은 하나도 중요하지 않았다. 신이, 자신이 신이라는 사실을 아주 우습게 여기고 있었기 때문이다.

생명체의 눈에는 시선이라는, 매우 놀라운 속성이 있다.

시선만큼 독특한 것은 없다. 피조물의 귀에 '청향(聽向)'이 있다고 하지 않고, 콧구멍에 '후향(嗅向)'이나 '콩콩초리'가 있다고 하지는 않는다.(역자주 : 눈의 속성인 시선이라는 단어에는 '방향'의 개념이 포함되어 있다. 그런데 귀나 코와 같은 감각기관에는 시선에 상응하는 속성을 나타내는 '눈초리' 같은 단어가 없기 때문에 만들어낸 말이다.)

시선이라는 것은 무엇인가? 표현이 불가능하다. 어떤 단어를 써도 시선이라는 것의 묘한 본질에는 접근할 수 없다. 그래도 시선은 존재한다. 이 정도의 실재를 찾기도 힘들 정도이다.

시선이 있는 눈과 시선이 없는 눈은 어떤 차이가 있나? 이 차이를 바로 생명이라는 이름으로 부른다. 생명은 시선이 시작하는 곳에서 시작한다.

신은 시선이 없었다.

신이 하는 일이라고는 삼키고, 소화시키고, 그 직접적인 결과로 배설하는 것뿐이었다. 신이 의식하지 못하는 사이, 이런 식물성 신진대사가 몸에서 일어났다. 한결같은 음식은 신의 주목을 끌 만큼 자극적이지 않았다. 음료도 다르지 않았다. 신은 고체, 액체 먹거리가 통과할 수 있도록, 필요한 구멍은 다 열어젖혔다.

이 때문에, 이 발육 단계에서 우리는 신을 파이프라고 부를 것이다.

파이프의 형이상학이 있다. 슬라보미르 므르체크(역자주: 폴란드의 극작가)가 파이프를 주제로 글을 쓴 적이 있다. 아연해질 만큼 깊이 있는 내용인지 대단히 익살맞은 내용인지는 모르겠다. 어쩌면 둘 다일 수도 있다. 파이프는 공(空)과 만(滿)의 독특한 결합이고, 속 빈 물질이며, 존재하지 않는 다발을 보호하는 존재의 막이다. 호스는 파이프의 유연한 형태이다. 물렁하다고 해서 호스의 신비로움이 반감되는 것은 아니다. .

신은 호스처럼 유연했다. 하지만 단단하고 움직임이 없는 점으로 봐서 분명히 파이프였다. 신은 원기둥의 절대적 고요를 누리고 있었다. 그는 우주를 여과했지만 아무것도 흡수하지 않았다.

파이프의 부모는 걱정스러웠다. 그래서 의사들을 불러, 살아 있는 것 같지 않은 이 한 조각 물질을 연구해 보게 했다.

의사들은 파이프를 조작해 보고, 관절 몇 군데를 두드려 반사신경이 있는지 확인해 보았다. 반사신경이 없음이 확인되었다. 임상 의사들이 램프를 비추며 관찰해도 파이프의 눈은 깜빡거리지 않았다.

"얘는 선혀 울지도, 움직이지도 않아요. 입에서는 아무 소리도 나오지 않고요."

부모님이 말했다.

의사들은 모순이 있는 용어라는 생각도 못하고 '병적 무관심(pathological apathy)'(역자주 : pathological과 apathy

는 둘 다 그리스어 pathos가 어원이다) 이라는 진단을 내렸다.

"두 분의 아이는 식물인간입니다. 매우 염려스러운 상태입니다."

부모님은 좋은 소식이라고 생각하고 안도감을 느꼈다. 식물인간도, 생명은 생명 아닌가.

"아이를 입원시켜야 합니다."

의사들이 선언했다.

부모님은 이 명령을 무시했다. 두 사람한테는 이미 인간 부류에 속하는 아이가 둘이나 있기 때문에, 식물성 자식이 하나쯤 더 있다고 해서 문제될 건 없다고 생각했다. 이런 자식을 두었다는 사실이 감격스럽기까지 했다.

두 사람은 이 아이를 '식물' 이라고 사랑스럽게 불렀다.

이 점은 모두가 잘못 생각하고 있었다. 식물들(식물인간을 포함해서)이, 사람의 눈에 보이지는 않지만 생명을 지니고 있기 때문이다. 폭풍우가 다가오면 몸을 떨고, 해가 뜨면 환희의 눈물을 흘리고, 공격을 받을 때는 경멸로 무장하며, 꽃가루가 날리는 철에는 일곱 개의 너울을 펼치고

춤을 춘다. 식물에게도 시선이 있다. 동공이 어딘지는 아무도 모르지만, 시선이 있는 것은 틀림없는 사실이다.

파이프, 파이프는 무기력 자체였다. 기후의 변화, 일몰, 일상에서 벌어지는 숱한 자질구레한 반란들, 말로 표현할 수 없는 침묵의 거대한 신비들, 그 어떤 것도 파이프에게 충격을 주지 못했다.

매주 파이프의 언니, 오빠를 불안에 떨게 만든 간사이의 지진도 파이프에게는 전혀 위력을 발휘하지 못했다. 리히터 진도, 이건 다른 사람들에게나 상관 있는 얘기였다. 어느 날 저녁, 진도 5.6의 지진이 집 근처 산을 뒤흔들어 놓았다. 천장의 널빤지가 파이프의 요람 위로 무너져 내렸다. 파이프를 꺼냈는데, 초연 그 자체였다. 아니, 건물 잔해 밑에서 한창 따뜻하게 잘 있는데, 웬 촌뜨기 같은 놈들이 와서 방해를 한담, 하는 식으로 식구들을 향해 두 눈을 고성시키고 있었다. 하지만 시선을 주지는 않았다.

부모는 태연자약한 식물의 모습이 웃겨서 시험을 해보기로 했다. 식물이 달라고 할 때까지 마실 것과 먹을 것을 주지 않을 생각이었다. 이렇게 해서, 식물이 어쩔 수 없이 반응하게 만들 생각이었다.

부모는 제 꾀에 제가 속아넘어가는 꼴이 되었다. 파이프는 모든 것을 받아들이듯 단식 상태도 받아들였다. 좋다, 싫다 하는 의사표시를 조금도 하지 않았다. 먹든 먹지 않든, 마시든 마시지 않든, 파이프는 상관이 없었다. 존재 여부는 그의 관심 밖이었다.

3일이 지나자, 부모가 질겁해서 파이프를 살펴보았다. 약간 마르고, 살짝 벌어진 입술이 바싹 마르긴 했어도, 몸이 더 나빠진 것 같지는 않았다. 부모가 젖병에 설탕물을 담아 먹이자 파이프는 담담하게 삼켰다.

"얘는 불평도 하지 않고 가만히 있다 죽었을 거예요."

겁에 질린 엄마가 말했다.

"의사들한테는 얘기하지 맙시다. 우리를 사디스트라고 생각할 거요."

아버지가 말했다.

사실, 부모는 사디스트가 아니었다. 자식에게 생존 본능이 없다는 것을 확인하고 그저 질겁했을 따름이었다. 아이가 식물이 아니고 파이프라는 생각이 머리를 스쳤지만 두 사람은 말도 안 되는 생각이라며 즉시 떨쳐버렸다.

원래 무사태평한 사람들인 부모는 단식 사건을 금방 잊

어버렸다. 두 사람한테는 아들 하나, 딸 하나, 식물인간 하나, 이렇게 아이가 세 명 있었다. 위로 두 아이가 쉴새 없이 뛰어다니고, 뛰어오르고, 소리 지르고, 서로 싸우고, 새록새록 엉뚱한 일을 저지르는 통에 항상 뒤꽁무니를 쫓아다니며 감독을 해야 하는 부모 입장에서는, 이런 다양한 자녀 구성이 아주 좋았다.

막내는, 적어도 두 남매들처럼 부모의 속을 썩이지는 않았다. 막내는, 베이비 시터 없이도 하루 종일 혼자 놔둘 수 있었다. 저녁에 보면 아침과 똑같은 자세로 있었다. 기저귀를 갈아주고, 먹여주는 것으로 끝이었다. 어항 속의 금붕어도 막내보다는 더 속을 썩였을 것이다.

게다가, 파이프는, 시선이 없는 것만 빼면, 외형상 정상이었다. 손님들에게 부끄럽지 않게 선을 보일 수 있는, 차분하고 예쁜 아기였다. 다른 부모들이 샘을 낼 정도였다.

사실, 신은 여러 힘 중에서 으뜸인 동시에 가장 역설적인 관성력의 화신이었다. 움직이지 않는 것에서 나오는 이 질풍 같은 힘만큼 묘한 게 어디 있겠는가? 관성력은, 맹아 상태에서 발산되는 위력이다. 쉽게 이룰 수 있는 진보도 거부하는 민족을 볼 때, 남자 열 명이 밀어도 제자리에서 꼼짝하지 않는 자동차를 볼 때, 몇 시간이나 텔레비전 앞에 맹하게 앉아 있는 아이를 볼 때, 이미 무익함이 입증되었는데도 계속 해악을 끼치는 사고(思考)를 접할 때, 우리는 무시무시한 부동(不動)의 영향력을 발견하면서 질겁한다.

이게 바로 파이프의 위력이었다.

파이프는 절대 우는 법이 없었다. 태어나는 순간에도 신음 소리든 뭐든, 전혀 소리를 내지 않았다. 세상이 충격적이지도, 감동적이지도 않았던 게 분명하다.

처음에는, 엄마가 젖을 물리려고 애를 썼다. 그런데 엄마의 유방을 바라보는 아기의 눈에서 전혀 번득이는 빛이 일지 않았다. 아기는 유방을 코앞에 두고도 그냥 가만히 있었다. 화가 난 엄마가 젖꼭지를 입 속으로 밀어 넣었다. 신은 젖꼭지를 빠는 둥 마는 둥 했다. 그래서 엄마는 젖을 먹이지 않기로 결정했다.

엄마 생각이 옳았다. 파이프라는 신의 속성에는 젖병이 훨씬 잘 어울렸다. 둥그런 유방을 보고 있으면 같은 핏줄이라는 느낌이 전혀 들지 않지만, 원기둥 모양의 이 용기는 자신과 닮았다고 생각했다.

하지만, 엄마는 하루에도 몇 번씩 파이프에게 젖병을 물리면서도, 파이프 두 개를 연결해주고 있다는 사실은 몰랐다. 신의 식사는 배관공사의 영역이었다.

"만물은 흘러간다", "만물은 유동성이다", "같은 강에서 수영을 해도 흐르는 물은 늘 다르다" 등등. 불쌍한 헤라클레이토스는 자신의 유전적(流轉的) 세계관을 부정하는 신을 만났더라면 자살했을 것이다. 파이프에게 어떤 형태로든 언어가 있었다면, 에페수스의 철학자 헤라클레이토스에게 반박했을 것이다. "만물은 정지해 있다", "만물은 관성이다", "우리가 수영하는 늪의 물은 항상 그대로이다" 등등.

다행스럽게도, 언어의 초기 동인(動因) 중 하나인 운동에 대한 생각이 없이는, 어떤 형태의 언어도 불가능하다. 또한, 언어 없이는 어떤 형태의 사고도 불가능하다. 따라서, 신의 철학적 개념들은 생각할 수도, 전달될 수도 없는 것이었다. 결과적으로, 신의 철학적 개념들은 누구에게도 해가 될 수 없었다. 다행스러운 일이다. 아주 오랫동안 인류의 사기를 꺾어놓고도 남았을 원칙들이기 때문이다.

　파이프의 부모는 벨기에 사람이었다. 따라서 신도 벨기에 산(産)이었다. 아득한 옛날부터 일어난 많은 재앙이 이 점으로 설명되었다. 몇 세기 전에 한 벨기에 사제가 과학적으로 입증한 바 있듯이, 아담과 이브가 플랑드르어를 했다는 것은 조금도 놀랄 일이 아니다.
　파이프는 국가 차원의 언어 분쟁을 해결할 수 있는 기발한 방법을 찾아냈다. 말을 하지 않는 방법이었다. 파이프는 절대, 한 마디도 하지 않았다. 작은 소리도 한 번 낸 적이 없었다.
　부모는 말을 하지 않는 것보다 움직이지 않는 것을 더 걱정했다. 파이프는 한 살이 될 때까지 몸을 한 번도 움쭉달싹한 적이 없었다. 다른 아기들은 첫 걸음마를 하고, 처음으로 방긋 웃고, 처음으로 뭔가를 했다. 그런데, 신은, 제일 처음 한 것이 아무것도 하지 않는 것이었다. 여전히, 처음처럼 말이다.
　파이프가 성장하고 있었기 때문에 이런 사실이 더 이상

했다. 그의 성장은 완전히 정상적이었다. 뇌가 따라주지 않을 따름이었다. 부모는 파이프를 보면서 난감했다. 집 안에서 무(無)가 차지하는 자리가 점점 커졌기 때문이다.

곧, 요람이 너무 작게 되었다. 오빠와 언니가 쓰던 철제 접이식 침대에 파이프를 옮겨 심어야 했다.

"이런 변화가 생기면 애가 잠에서 깨어날지도 모르죠."

어머니의 바람이었다.

신은 우주의 시초부터 줄곧 부모 방에서 잤다. 최소한, 신이 부모를 난처하게 만들지는 않았다. 녹색식물이 있었어도 신보다는 더 시끄러웠을 것이다. 신은 부모를 쳐다보지도 않았다.

시간은 운동의 소산이다. 움직이지 않으면 시간이 가는지 모른다.

파이프는 기간에 대한 인식이 전혀 없었다. 생후 이틀이나 2백 살이나 다를 바 없는 두 살이 되었다. 여전히 자세도 똑같았고, 자세를 바꾸려는 시도조차 하지 않았다. 자그마한 횡와상(橫臥像)처럼, 차렷 자세로 팔을 뻗고 등을 댄 채 누워 있었다.

엄마는 그래서 파이프를 일으켜 세우려고 겨드랑이에 손을 넣었다. 아버지는 파이프의 작은 두 손을 침대의 세로 보호대에 올려놓았다. 거길 붙잡고 서 있어야겠다는 생각을 일으키게 하기 위해서였다. 엄마와 아버지는 이렇게 구조물을 만들어 놓고 손을 뗐다. 신은 다시 뒤로 넘어졌다. 그리고, 아무렇지도 않은 듯 명상을 계속했다.

"음악을 들려줘야 해요. 애들은 음악을 좋아하잖아요."

엄마가 말했다.

모차르트, 쇼팽, 101마리 강아지 디스크, 비틀즈, 샤쿠하치(역자주 : 한쪽 끝에 구멍이 달린 대나무 통소) 연주 음악을 돌려가면서 들려주었지만 파이프의 감수성은 전혀 반응을 보이지 않았다.

부모는 그를 음악가로 만들겠다는 생각을 포기했다. 사람으로 만들겠다는 생각마저도 포기했다.

시선은 선택이다. 뭔가를 응시한다는 것은 거기에 시선을 집중하겠다는 뜻이다. 따라서, 필연적으로, 시야의 나

머지 부분은 관심 범위에서 제외하겠다는 뜻이 담기는 것
이다. 이렇기 때문에 생명의 본질인 시선은 무엇보다, 거
부이다.

살아 있다는 것은 거부한다는 뜻이다. 무엇이든 다 받
아들이는 사람은 세면대에 난 구멍만큼밖에 생명력이 없
다. 살아 있기 위해서는, 엄마와 천장을 동일선상에 놓지
않을 수 있어야 한다. 엄마와 천장 중에서 관심의 대상을
정하기 위해서는, 둘 중 하나는 거부해야 한다. 유일하게
나쁜 선택이 바로 선택을 하지 않는 것이다.

신은 아무것도 선택하지 않았기 때문에 아무것도 거부
하지 않은 것이다. 그렇기 때문에 살아 있지 않았다.

아기는, 태어나는 순간 소리를 지른다. 고통에 찬 아기
의 울부짖음은 이미 반란이요, 이 반란은 이미 거부이다.
그래서, 일부에서 뭐라고 말하든 간에, 생명은 출생 당일
에 생기는 것이지 그 전에 생기는 것이 아니다.

파이프는 세상에 나올 당시 손톱만큼의 데시벨도 내보
내지 않았다.

하지만 의사들은 그가 귀머거리도, 벙어리도, 장님도
아니라고 판정했다. 마개 없는 세면대일 뿐이었다. 말을

할 수 있었다면, 파이프는 '예'라는 한 단어만 쉬지 않고,
되풀이해서 말했을 것이다.

　사람들은 표준을 신성시한다. 진화가 정상적이고 자연
적인 과정의 결과라고 믿고 싶어한다. 예를 들어, 인간은,
일종의 생물학적·내적 필연성의 지배를 받아 한 살 정도
부터 기어다니지 않게 되었고, 몇천 년이 흐른 후 처음으
로 직립보행할 수 있게 되었다고 믿는 것이다.
　아무도 돌발성 사고는 믿고 싶어하지 않는다. 외적 필연
성 — 이것도 벌써 탐탁치 않다 — 혹은 우연 — 이건 최악
이다 — 에 의한 돌발성 사고는 인간의 상상에서 배제되었
다. 누가 감히, "내가 한 살쯤 되었을 때 첫 걸음을 뗀 것은
우연이다." 라고 말하거나, "인간이 어느 날 두 발 달린 동
물 행세를 하게 된 것은 우연이다." 라고 말하면 이내 미친
놈 취급을 받을 것이다.
　우연의 이론은 수용할 수 없다. 우연의 이론에서는 다른
식의 가정이 가능하기 때문이다. 사람들은, 한 살 먹은 아
이에게 걷고 싶은 마음이 없다는 생각을 용납하지 않는다.

인간이 두 발로 걷겠다는 생각을 하지 않을 수도 있다는 사실을 인정하는 셈이 되기 때문이다. 그리고, 이렇게 총명한 인간이 걷는 것을 꿈도 꾸지 않을 수 있다고 하면, 누가 믿으려 하겠는가?

파이프는, 두 살에, 네 발로 걷기는 고사하고 아예 꿈쩍할 생각도 하지 않았다. 발성(發聲)을 시도한 적도 한 번 없었다. 어른들은 이런 파이프를 보며 진화가 중지되었다는 추론을 이끌어냈다. 아기가 아직 돌발성 사고를 겪지 않았다는 추론은 절대 불가능했을 것이다. 돌발성 사고가 일어나지 않으면 인간이 꼼짝 않고 가만히 있게 된다는 것을 믿을 사람이 누가 있겠는가?

육체적 차원의 돌발성 사고와 정신적 차원의 돌발성 사고가 있다. 사람들은 정신적 차원의 돌발성 사고는 단호하게 부정한다. 이게 진화의 동인(動因)이라고는 절대 말하지 않는다.

하지만, 인간의 성장에 정신적 자원의 돌발성 사고보다 결정적으로 작용하는 것은 없다. 정신적 차원의 돌발성 사고는, 두개골이라는 껍질을 보호막으로 쓰고 있는 뇌라는 조개 속으로 우연히 들어온 먼지 같은 것이다. 두개골

가운데 사는 연질(軟質)은, 갑자기, 안으로 침입한 이물질 때문에 혼란스럽고, 얼이 빠지고, 위협을 느낀다. 평화롭게 무위한 세월을 보내던 조개는 비상 사태를 선포하고 대책을 강구한다. 연질은 진주질이라는 기막힌 물질을 만들어서 침입한 입자를 에워싼 뒤, 융합시켜서, 진주를 만든다.

뇌 자체가 동인(動因)이 되어 정신적 차원의 돌발성 사고가 일어날 수도 있다. 이런 사고가 가장 신비스러우면서도 가장 심각하다. 뇌의 회백질이 이유 없이 회전을 하면서 끔찍한 사고, 무시무시한 생각을 낳는다. 이렇게 되면, 정신적 고요는 순식간에, 영원히 물 건너가는 것이다. 바이러스가 움직이기 시작한다. 바이러스를 도저히 죽일 수 없다.

이때, 인간은 어쩔 수 없이, 강제적으로 무기력 상태에서 벗어난다. 자신을 괴롭힌 소름끼치고 형언할 수 없는 의문에 대한 해답을 찾다가 오만 가지 부적절한 답만 얻는다. 그는 걷고, 말하기 시작한다. 고통에서 벗어날 것으로 기대하면서 아무 소용도 없는 태도를 이렇게, 저렇게 취해 본다.

고통에서 벗어나기는커녕 고통이 더 심해진다. 말을 하면 할수록 이해가 힘들고, 걸으면 걸을수록 제자리걸음이다. 금세, 차마 말은 못해도, 유충 시절을 그리워하게 될 것이다.

하지만, 진화의 법칙의 적용을 받지 않는, 운명적인 돌발성 사고를 겪지 않는 인간도 있다. 바로 임상 식물인간의 경우이다. 이들은 의사들의 연구 대상이 되고 있다. 사실, 우리가 되고 싶은 것은 이들의 모습이다. 오작동한 것으로 취급받을 게 분명한, 이런 생명이다.

여느날과 다름없는 날이었다. 특별한 일은 하나도 없었다. 부모는 부모로서의 직분에 충실하고, 아이들은 아이들로서 맡은 임무를 다하고, 파이프는 원기둥으로서의 소임에 몰두하고 있었다.

하지만 파이프의 역사에서는 가장 중요한 날이었다. 가장 중요한 날이었던 만큼, 이 날에 대한 흔적은 하나도 남겨두지 않았다. 마찬가지로, 한 인간이 처음으로 일어서던 날이나 드디어 죽음을 이해하게 된 날에 대한 기록은 하나도 보존된 게 없다. 인류에게 가장 결정적인 의미를 갖는 사건들은 거의 주목을 받지 못하고 말았다.

갑자기, 울부짖는 소리가 집안에 울려퍼지기 시작했다. 엄마와 보모는 처음에는 얼떨떨해 있다가 고함의 발원지를 찾기 시작했다. 원숭이라도 한 마리 집안으로 들어왔나? 미치광이가 정신병원에서 뛰쳐나오기라도 한 걸까?

엄마는 행여나 하는 심정으로 파이프의 방을 살펴보러 갔다. 눈앞에 펼쳐진 장면에 엄마는 아연실색했다. 신이 철제 접이식 침대에 앉아서, 여느 두 살배기 아기들처럼 고래고래 소리를 지르고 있지 않은가.

엄마는 신화적 장면으로 다가갔다. 2년 동안 그토록 평화롭게 보이던 광경은 이제 온데간데없었다. 그 동안은, 파이프의 커다란 두 눈이 고정되어 있었기 때문에, 쉽게 녹회색 눈이라는 것을 알 수 있었다. 그런데, 이제, 그의 동공은 불 탄 풍경처럼, 거의 검정색에 가까웠다.

대체 어떤 기막힌 일이 있었길래 창백하던 두 눈이 타서 석탄처럼 까맣게 되었을까? 파이프가 긴긴 잠에서 깨어나 이렇게 화통이라도 삶아먹은 듯 고래고래 소리를 지를 만큼 끔찍한 일이 뭐가 있었을까?

단 한가시 분명한 사실은, 아이가 화가 났다는 것이다. 무지무지하게 화가 난 아이가 무기력 상태를 깨고 나온 것이다. 아무도 어쩌다 이렇게 되었는지는 몰랐지만, 이렇게 노발대발하는 것으로 보아 무슨 심각한 이유가 있는 게 분명했다.

이 모습에 넋이 나간 엄마가, 와서 아이를 안으려 했다. 그런데 아이가 사지를 마구 뒤틀며 들이받는 바람에 이내 침대에 내려놓을 수밖에 없었다.

엄마는 "식물이 이제는 식물이 아니야!" 하고 소리를 지르며 집안을 뛰어다녔다. 엄마는 아버지에게 전화를 걸어 현장을 직접 확인해보라고 말했다. 그리고 오빠와 언니를 불러 성스러운 신의 분노를 보며 경탄할 기회를 주었다.

몇 시간이 지나자 그가 울음을 그쳤다. 하지만 격노한 그의 눈은 여전히 까맣게 보였다. 그는 주변에 둘러 서 있는 인간들을 아주 탐탁치 않게 쳐다보았다. 그리고 나서는, 성질을 얼마나 부렸는지, 진이 빠져 털썩 눕더니 잠이 들었다.

가족들은 박수갈채를 보냈다. 멋진 소식이라고 생각한 것이다. 드디어 아이에게 생명이 생긴 게 아닌가.

이렇게 세상에 나온 후 2년이 지나서 태어나는 것을 어떻게 설명할 수 있을까?

이 신비의 수수께끼를 푸는 의사는 한 명도 없었다. 정상적으로 작동하기 위해서 파이프에게 2년이라는 자궁 외 임신 기간이 필요했던 것 같다.

그래, 좋다. 하지만 무엇 때문에 이렇게 화를 내는 것일까? 추정 가능한 딱 한 가지 원인은, 정신적 차원의 돌발성 사고이다. 뭔가 뇌에 나타났는데, 파이프의 눈에는 그게 도저히 참을 수 없는 것으로 보였다. 그래서 순식간에 회백질이 요동을 쳤다. 신경 임펄스가 파이프의 무기력한 살 속으로 흘렀다. 그의 몸은 움직이기 시작했다.

이렇듯, 아주 불가사의한 이유 때문에 위대한 제국이 멸망할 수도 있다. 상(像)처럼 부동 자세로 있던 예쁜 아가들이 조그만 충격을 받고 꽥꽥거리는 짐승으로 변할 수도 있는 것이다. 가장 놀라운 것은, 이런 모습을 보고 가족들이 좋아서 어쩔 줄을 모른다는 것이다.

Sic transit tubi gloria. (파이프의 영화(榮華)는 이렇게 지나간다) (역자주 : Sic transit gloria mundi. "세상의 영화는 이렇게 지나간다" 라는 이태리 속담을 패러디한 것)

아버지는 넷째라도 생긴 것처럼 흥분해서 브뤼셀에 있는 자기 어머니에게 전화를 걸었다.

"식물이 깨어났어요! 비행기 타고 오세요, 어머니!"

아주 우아한 분이었던 할머니는, 새 투피스를 몇 벌 맞추고 나서 출발하겠다고 대답했다. 이 때문에 할머니의 방문은 몇 달 늦춰졌다.

할머니를 기다리는 동안, 부모는 예전의 식물인간이 그리워지기 시작했다. 신은 화를 풀지 않고 있었다. 한 대 얻어맞을까 겁나서, 신에게 젖병을 던져주다시피 해야 되는 상황이었다. 몇 시간 동안 잠잠해질 때도 있었다. 하지만 이런 소강 상태가 지나면 무슨 일이 벌어질지 짐작할 수 없었다.

파이프가 조용해진 틈을 타서 플레이 펜(역자주 : 사방을 막아 아기가 안에서 놀면서 걸음마를 할 수 있게 만든 유아용품)에 넣어 본다는 새로운 시나리오가 나왔다. 파이프는, 처음에는, 멍하니 주변의 장난감들을 쳐다보았다.

그런데, 점차, 강렬한 불쾌감에 사로잡혔다. 파이프는 이 사물들이 자신과 무관하게, 자신이 꼭 군림할 필요도 없이 존재한다는 사실을 깨달았다. 파이프는 이게 불쾌했다. 그래서 소리를 질렀다.

이뿐만이 아니었다. 파이프는 부모와 그 가족들이 입을 통해 매우 정확한 분절음을 내는 모습을 관찰하게 되었다. 이 과정을 통해 그들이 사물을 제어하고 자기 것으로 만드는 것 같았다.

파이프도 똑같이 하고 싶었다. 우주를 명명하는 것이야말로 신의 중요한 특권 중 하나가 아닌가? 그래서 그는 손가락으로 장난감 하나를 가리키고 나서, 장난감에게 존재를 부여하기 위해 입을 열었다. 하지만 그가 만드는 소리들은 일관성 있게 이어지지 않았다. 제일 먼저 놀란 사람은 그였다. 말을 할 수 있다고 아주 자신하고 있었기 때문이다. 놀라운 느낌이 가시자, 이런 상황이 수치스럽고 도저히 용납할 수 없게 느껴졌다. 그는 분노에 사로잡혔다. 울부짖으며 격한 노여움을 표출하기 시작했다.

고함의 의미는 이런 것이었다.

"너희들이 입술을 움직이면 말이 나오잖아! 그런데 내가 입술을 움직이면 잡음밖에 나오지 않는다고! 이런 부당함은 못 참겠어! 말로 변해서 나올 때까지 악을 쓰고 있을 거야!"

어머니는 이런 해석을 했다.

"두 살에도 아기란 건 정상이 아니죠. 자기가 늦된 걸 안 거예요. 그게 짜증나는 거죠."

틀렸다. 신은 절대 발육이 늦지 않았다. 발육이 늦다고 말하면 결국 비교한다는 뜻이다. 신은 비교대상이 될 수 없다. 신은 자신에게 막강한 힘이 있다고 느꼈다. 그런데 이 힘을 발휘하지 못하고 있는 자신을 보면서 분통이 터진 것이다. 입이 그를 따라주지 않았다. 그는 한 순간도 자신의 신성(神性)을 의심해 본 적이 없었다. 그런데 입술은 그걸 모르는 것 같아 화가 난 것이다.

엄마가 다가와 아주 큰 소리로, 또박또박, 간단한 단어 몇 개를 말했다.

"아빠! 엄마!"

엄마가 자신에게 이런 바보 같은 흉내를 내보라고 한다는 사실에, 그는 화가 났다. 그러니까, 엄마는, 상대가 누군지도 모른다는 얘긴가? 언어의 주인이 누구인가? 다름아닌 그였다. 결코 '엄마', '아빠'를 따라하는 비굴한 짓은 하지 않을 것이다. 복수의 의미로, 그는 더 고래고래 소리를 지르며 아주 흉하게 울었다.

점차, 부모님은 예전의 아이가 생각나기 시작했다. 맞바꾸기에서 이득을 본 것일까? 예전의 신비스럽고 조용한 아이는 온데간데없고, 지금은 도베르만(역자주 : 독일산 개의 일종) 새끼만 한 마리 있었다.

"당신, 우리 식물이, 그 애가 커다란 눈을 고요하게 뜨고 있을 때 얼마나 예뻤는지 기억나요?"

"밤에는 또 얼마나 편안하게 잠을 잤고!"

두 사람한테 이제 잠은 물 건너갔다. 신은 불면(不眠) 그 자체였기 때문이다. 신은 하룻밤에 두 시간이나 잘까말까 했다. 잠을 자지 않을 때는 이내 고함을 지르면서 분노를 표출했다.

"알았다니까!"

아버지가 그를 꾸짖었다.

"우리도 알아. 2년 동안 잠을 자다가 막 깨어났다 이거지? 아무리 그래도 그게 다른 사람의 잠을 방해하는 이유가 될 수는 없어."

신은 루이 14세처럼 행동했다. 자기가 자지 않는데 다른 사람은 자는 것, 자기가 먹지 않는데 다른 사람은 먹는 것, 자기는 못 걷는데 다른 사람이 걷는 것, 자기는 말을 못하는데 다른 사람이 말하는 것을 용납할 수 없었다. 특히 말과 관련해서는 미칠 지경이었다.

이 새로운 현상에 대해 의사들이 지난번보다 딱히 더 이해하는 것도 없었다. 이번에는 '병적 무관심'이 아닌 '자극 과민성'이라는 진단을 내렸지만, 진단을 뒷받침하는 분석은 하나도 내놓지 않았다. 그저 삶의 지혜에서 나온 생각이라고 할 수 있는 얘기로 분석을 대신했다.

"지난 2년을 보충하려는 것입니다. 두 분의 아이는 결국 진정하게 될 겁니다."

'그 전에 내가 창문으로 내던지지만 않으면.' 화가 머리 끝까지 뻗친 엄마가 생각했다.

할머니의 투피스가 준비되었다. 할머니는 투피스를 여행 가방에 싸고, 미장원에 들렀다가, 브뤼셀 발 오사카 행 비행기에 몸을 실었다. 1970년에는 20시간 정도 걸리는 비행이었다.

파이프의 부모가 공항에서 할머니를 기다렸다. 1967년 이후로는 서로 만난 적이 없었다. 아들을 얼싸안고, 며느

리한테 축하 인사를 하고, 일본을 찬미하는 시간이 이어
졌다.

산으로 가는 길에 아이들 얘기가 나왔다. 위로 두 아이
는 더 바랄 게 없는데, 셋째가 문제라고 했다. "셋째가 이
제는 싫어요!" 할머니는 다 잘 될 것이라고, 자신 있게 말
했다.

할머니는 집의 아름다움에 도취되었다. "이렇게 일본
적일 수가 있나!" 할머니는 다다미방과, 2월이던 그때 벌
써 꽃이 핀 자두나무에 하얗게 파묻힌 정원을 쳐다보며
탄성을 질렀다.

할머니는 손자와 손녀를 3년 동안 보지 못했다. 훌쩍 일
곱 살을 먹어버린 사내아이, 벌써 다섯 살이나 먹은 계집
아이를 보며, 할머니는 할 말을 잃었다. 두 손주를 보고
나자, 할머니는 아직 한 번도 만난 적이 없는 셋째에게 인
사를 시켜달라고 했다.

가족들은 괴물의 토굴로 할머니와 동행하고 싶어하지
않았다. "왼쪽 첫번째예요. 모르실 수가 없어요." 멀리서,
새된 울부짖음이 들렸다.

할머니는 여행가방 안에서 뭔가를 꺼내 들고는, 씩씩하

게 원형 경기장을 향해 걸어갔다.

두 살 반. 고함, 노여움, 증오. 신의 손과 목소리는 세상에 접근할 수 없다. 신의 주변은 접이식 철제 침대의 세로대가 막고 있다. 신은 감금되어 있다. 나쁜 짓을 하고 싶지만 생각대로 되지 않는다. 침대 시트와 이불에 마구 발길질을 하면서 분풀이를 한다.

위에는 천장이 있고, 신이 구석구석 외우고 있는 천장의 균열들이 있다. 신의 유일한 대화 상대들이다. 그래서 그들을 무시하면서 소리를 지르는 것이다. 그런데 분명히, 천장은 신경도 쓰지 않고 있다. 그래서 열이 오른 것이다.

갑자기, 그의 시야가 낯선, 정체 미상의 얼굴로 채워진다. 이게 뭐지? 다 큰 사람이고, 엄마와 성(性)이 같아 보이는데…… 처음에 느꼈던 놀라움이 가시자, 신은 오랫동안 숨을 헐떡거리면서 불만을 표시한다.

얼굴이 웃는다. 신은 이게 뭔지 안다. 지금 그를 꾀려는 거다. 호락호락 넘어갈 줄 알아? 신은 이빨을 드러낸다. 얼굴이 입을 놀리자 단어들이 떨어진다. 신은 날아오는 말들을 향해 잽을 날린다. 신의 꽉 쥔 두 주먹이 소리를 흠씬 두들겨 패서 K.O. 시킨다.

다음은, 얼굴이 자신을 향해 손을 뻗으려 할 것이라는 사실을, 신은 알고 있다. 어디 한두 번 겪은 일이라야지. 어른들은 항상 그의 얼굴 가까이 손가락을 가져오곤 한다. 신은 이방인의 검지손가락을 깨물겠다고 결심한다.

역시, 손 하나가 그의 시야에 나타난다. 그런데, 이런 경악할 일이! 손가락 사이에 희끄무레한 막대기가 하나 끼어 있다. 생전 처음 보는 물건이기에, 신은 고함을 지르는 것도 잊어버린다.

"벨기에산 화이트 초콜릿이란다."

아이를 발견한 할머니가 말했다.

이 단어들 중에서, 신은 '화이트'는 뭔지 안다. 우유에서, 벽에서 봐서 알고 있다. 나머지 단어들은 모호하다. '초콜릿', 특히 '벨기에'라는 단어가. 이 사이, 막대기가 신의 입 가까이 와 있다.

"먹는 것이란다."

목소리가 말했다.

먹는 것, 신은 이건 뭔지 안다. 자주 하는 일이니까. 먹는 것, 이건 젖병, 고기 조각이 들어간 퓨레, 사과를 잘게 갈아 같이 으깬 바나나, 오렌지 쥬스이다.

먹는 것, 이건 냄새가 난다. 희끄무레한 막대기에서는 신이 모르는 냄새가 난다. 비누나 포마드보다는 좋은 냄새다. 신은 한편으로는 겁이 나면서도 욕구가 생긴다. 혐오감으로 인상을 찡그리면서도 욕망으로 침을 흘린다.

신은 용기를 내어 날쌔게 뛰어오른 뒤, 새로운 물건을 이빨로 잡고 씹는다. 아니다, 씹을 필요가 없다. 이 놈이 혀에서 스르르 녹더니, 입천장을 뒤덮는다. 신의 입이 초콜릿으로 그득하다. 그리고, 기적이 일어난다.

쾌감으로 신의 기분이 알알해지고, 신의 뇌가 찢어지고, 그때까지 한 번도 들어본 적이 없는 목소리가 뇌 속으로 울려퍼진다.

"나야! 내가 살아 있는 거야! 내가 말하고 있는 거라니까! 나는 '그'가 아니야, 나는 나야! 이제부터는 네 얘기를 할 때 '나'라고 해야지, '그'라는 표현을 쓰면 안돼. 그리고, 난 너의 제일 친한 친구야. 너에게 쾌락을 느끼게 해주는 게 바로 나니까 말이야."

내가 태어난 것은 바로 그때였다. 1970년 2월, 간사이 고산 지대에 있는 슈쿠가와에서, 두 살 반의 나이에, 친할머니가 지켜보는 가운데, 화이트 초콜릿의 은총으로 태어났다.

그때부터, 이 목소리는 절대 사그라지지 않았다. 내 머리 속에서 계속 말했다.

"맛있고, 달콤하고, 몰카당몰카당해, 더 줘!"

나는 괴성을 지르며 막대기를 다시 물었다.

"쾌락은 정말 기가 막힌 거야, 내가 나라는 사실을 가르쳐 주잖아. 난, 쾌락의 발원지야. 쾌락, 그건 바로 나라고. 쾌락이 있는 곳마다 내가 있을 거야. 내가 없는 쾌락은 없어, 쾌락 없는 나도 없고!"

막대기는 한 입 한 입, 내 속으로 사라졌다. 목소리는 내 머리 속에서 점점 크게 울부짖었다.

"나, 만세! 내가 만들고, 내가 느끼는 쾌감만큼이나, 나는 대단해! 내가 없으면 이 초콜릿은 아무것도 아닌 덩어리에 불과해. 하지만 내 입 속으로 들어가면, 그건 쾌락이 되거든. 초콜릿은 내가 필요해."

이런 생각은 점점 더 열광적이고 거친 소리로 표현되었다. 나는 눈을 크게 떴다, 너무 기뻐서 다리를 흔들었다. 모든 흔적이 기록된 내 뇌의 연질 어딘가에, 뭔가 새겨지는 느낌이 들었다.

한 조각, 한 조각, 초콜릿이 내 안으로 들어왔다. 나는, 이때, 사라진 초콜릿 끝에 손이 하나 있는 것을 발견했다. 손끝에는, 위에 인자한 얼굴이 붙은 몸이 하나 보였다. 내 안에서, 목소리가 말했다.

"당신이 누군지는 모르지만, 나한테 먹으라고 가지고 온 것을 보면, 좋은 사람이야."

두 손이 내 몸을 침대에서 일으켰다. 나는 낯선 팔에 안겼다.

얌전하고, 기분이 좋은 아이를 안고 웃으면서 돌아오는 할머니를 보면서 부모님은 경악을 금치 못했다.

"여러분에게 내 절친한 친구를 소개합니다."

의기양양한 할머니가 말했다.

나는 이 팔 저 팔 옮겨다니면서도 마음씨 좋게 가만히 있었다. 우리 아버지와 엄마는 나의 변신을 보고 넋이 나갔다. 기분이 좋으면서도 한편으로는 성이 나서, 부모님이 할머니에게 물었다.

할머니는 자신의 비방(祕方)을 한사코 밝히지 않았다.

신비감을 조성하고 싶어했다. 가족들은 할머니에게 귀신을 쫓는 재주가 있다고 추정했다. 동물이던 내가 할머니의 구마식(驅魔式)을 기억해내리라 예상하는 사람은 아무도 없었다.

꿀벌들은, 알고 있다. 유충에게 삶의 욕구를 불어넣을 수 있는 것은 꿀밖에 없다는 사실을. 유충한테 작은 고기 조각을 넣어서 끓인 퓨레를 먹여서는 그토록 왕성한 의욕을 가진 일벌로 만들 수 없을 것이다. 우리 엄마는 설탕에 대해 나름대로 입장이 있었다. 인류의 모든 악이 설탕 때문에 생긴다고 생각했다. 하지만 엄마가 무난한 성질의 셋째 아이를 갖게 된 것은 '흰 독약' ─엄마가 설탕에 붙인 이름이다─ 덕분이었다.

내가 하려는 얘기는 바로 이렇다. 두 살의 나이에 무기력에서 벗어난 내가 발견한 삶은 눈물의 계곡이었다. 그곳에서는 당근을 햄과 같이 삶아서 먹고 있었다. 나는 그때 분명히 속았다는 느낌을 받았다. 쾌락을 경험할 게 아니라면 무엇 때문에 힘들게 태어나겠는가? 어른들이야 오만 가지 쾌감을 경험할 기회가 있지만, 아이들은 쾌락의 문을 열 방법이 오직 과자 하나밖에 없다.

할머니는 내 입을 설탕으로 가득 채웠다. 그러자 성난 동물이 갑자기 깨달음을 얻게 되었다. 그 동안 권태롭게 지낸 데는 다 이유가 있다는 사실, 육체와 정신은 자지러지는 기쁨에 취하라고 있는 것이라는 사실, 따라서 지금 존재하고 있는 전(全) 우주와 자기 자신을 비난해서는 안 된다는 사실을 깨달은 것이다. 쾌락은 이 기회를 틈타 자신의 대리인에게 이름을 지어주었다. '나' 라는 이름으로 불렀다. 내가 간직한 이름이었다.

육감과 지성을 대립적인 것으로 보는 멍청이들의 거대 집단은 아주 오래 전부터 존재한다. 악순환이다. 이 멍청이들은 자신들의 지적 능력을 고양하기 위해 쾌감을 억누르는데, 이 때문에 지적 능력마저 저하되는 결과가 생기고 만다. 점점 더 어리석어지는 것이다. 이렇게 되면, 총명하다는 자기 확신은 더욱 커진다. 스스로 똑똑하다고 여기는 것만큼 어리석은 일은 없다.

쾌감을 느끼면, 쾌감을 느끼게 해준 대상 앞에서 겸손해지고, 그 대상을 찬미하게 된다. 쾌락은 정신을 자극하고, 뛰어난 기교와 깊이를 지닐 수 있게 독려한다. 너무나 위력적인 마술이기 때문에, 쾌감이 없더라도 쾌감에 대한 생

각만 있으면 된다. 이런 개념이 존재하는 순간부터 인간
은 구원을 받는다. 하지만, 득의양양한 불감증은 스스로
의 무(無)를 찬양하기 마련이다.

　사교 장소에 가면 25년 동안 이런저런 기쁨을 절제하면
서 살았다고 목청껏 떠드는 사람들이 있다. 절대 음악은
듣지 않는다든지, 절대 책은 펼치지 않는다든지, 절대 극
장에는 가지 않는다든지 하면서 우쭐대는 천하의 멍청이
들도 있다. 어디 이뿐인가? 절대적인 금욕생활을 하는 자
신을 보면서 다른 사람들이 감탄할 것으로 기대하는 사람
들도 있다. 멍청이들은 이런 걸로라도 어깨에 힘을 줘야
한다. 살아가면서 이것 말고 또 어디서 만족감을 느낄 수
있겠는가?

화이트 초콜릿은 나에게 정체성을 주면서 기억도 같이 주었다. 1970년 2월부터, 나는 다 기억한다. 쾌락과 관련이 없는 것이면 기억해봤자 무슨 소용이 있겠는가? 기억은 쾌감과 불가분의 관계인 것 가운데 하나이다.

"나는 다 기억해" 이같이 어마어마한 확신에 가득 찬 말을 누군가 믿어줄 가능성은 전혀 없다. 사람들이 믿고 안 믿고는 중요하지 않다. 이것처럼 확인 불가능한 발화라면, 나는 굳이 신빙성이 있을 필요가 없다고 본다.

물론, 부모님이 무슨 고민을 하셨는지, 친구들과 어떤 얘기를 나누셨는지 등등은 내가 기억 못한다. 하지만 기억할 만한 가치가 있는 것—내가 수영을 배우던 호수의 푸르름, 정원의 향기, 몰래 맛본 자두술의 맛, 이밖에도 다른 지적 발견들—은 하나도 잊어버리지 않았다.

화이트 초콜릿 이전은, 기억나는 게 하나도 없다. 그래서 친인척들의 증언을 듣고 내 나름대로 재해석할 수밖에 없다. 화이트 초콜릿 이후는, 내가 직접 수집한 정보들이다. 글을 쓰는 손, 바로 이 손이 수집한 정보이다.

나는 모든 부모들이 꿈꾸는 이상적인 아이가 되었다. 얌전하면서도 생기가 넘치고, 조용하면서도 의욕적이고, 재미있으면서도 생각이 깊고, 정열적이면서도 형이상학적이고, 순종적이면서도 자율적이었다.

우리 할머니와 할머니의 달콤한 과자들은 한 달만 일본에 머물렀다. 그러나 이것으로 충분했다. 쾌락이라는 개념 덕분에 내가 제대로 작동하기 시작했으니까. 우리 아버지와 엄마는 안도감을 느꼈다. 2년 동안은 식물인간을, 다음 6개월 동안은 성난 짐승을 데리고 있다가 이제야 겨우 어느 정도 정상적인 아이를 기르게 되었기 때문이다. 사람들이 나를 부르면서 이름을 쓰기 시작했다.

관용적인 표현을 쓰자면, 나는 '잃어버린 시간을 만회

해야' 했다. 나 자신은 잃어버린 시간이라고 생각하지 않지만 말이다. 사람이면 두 살 반에는 걷고 말을 해야 한다고들 한다. 나는 관행대로 걷기 시작했다. 어려운 일은 아니었다. 일어서서, 앞쪽으로 기우뚱 기울다가, 한 발로 몸을 지지한 뒤, 다른 쪽 발로 다시 춤추는 스텝을 밟으면 되었다.

걷기는 분명히 유익한 행동이었다. 길 때보다는 걸어서 앞으로 나갈 때 경치가 훨씬 잘 보이기 때문이다. 걷는 것은 결국 뛰는 것을 뜻한다. 뛰기는 그야말로 기막힌 발상이다. 뛰면 무조건 도망칠 수 있기 때문이다. 만지면 안 되는 물건을 손에 넣고 아무도 보지 못하게 들고 도망칠 수 있었다. 지극히 비난받아 마땅한 행동을 하고도, 일단 뛰기만 하면 확실하게 처벌을 피할 수 있었다. 이것은 노상강도, 포괄적으로 말하면 영웅들의 동사였다.

말을 하려니 에티켓 문제가 생겼다. 제일 먼저 어떤 단어를 고를까? '마롱 글라세' 나 '쉬' 같이 필요가 있는 단어들을 고를 수도 있고, '타이어', '스카치테이프' 같이 근사한 단어들을 고를 수도 있었다. 하지만, 이런 단어부터 말했으면 자존심에 상처를 받는 사람들이 있었을 것이라는

46

느낌이 들었다. 부모란 사람들은 본디 자존심이 강하다. 그렇기 때문에 부모들을 상대할 때는 고전적인 레퍼토리를 내놓아야 한다. 그래서 본인들이 중요한 존재라는 느낌을 받게 하는 것이다. 나는 주목을 끌 생각은 하지 않았다.

그래서 근엄하고도 행복에 겨운 표정을 지은 뒤, 머리에 담고 있던 소리를 난생 처음 성대의 진동을 통해 내보냈다.

"엄마!"

엄마, 황홀경에 빠지다.

화나는 사람이 있어서는 안 되겠기에 서둘러 덧붙였다.

"아빠!"

아빠, 감동의 물결. 부모님은 나한테 달려와 뽀뽀를 해 댔다. 나는 두 사람이 까다로운 성격은 아니라고 생각했다. 내가 "하루라도 책을 읽지 않으면 입안에 가시가 돋친다"나 "$E=mc^2$"이라는 말을 처음으로 했더라면 부모님이 그만큼 감격하거나 감탄하지는 않았을 것이다. 부모님이 자기 정체성에 대해 회의를 품고 있었다는 얘기가 되는 것이다. 그러니까 두 분이 엄마, 아빠라고 불릴 자신이 없었다는 것인가? 그만큼 두 분한테는 나를 통한 존재 확인이 필요했던 것처럼 보였다.

나는 잘한 선택이라고 생각했다. 사서 고생을 할 이유는 없다. 어떤 단어를 첫 단어로 선택했어도 부모님이 그렇게까지 흡족해 하지는 않았을 것이다. 이제, 예의도 차렸으니, 예술과 철학에 매진해도 된다. 세번째 단어를 고르면서는 흥분이 더 커졌다. 질적인 기준만 고려하면 되기 때문이었다. 이런 자유가 생기자, 나는 너무 황홀해서 어찌할 바를 몰랐다. 그러다 보니 세번째 단어가 입 밖으로 나오기까지 무진장 많은 시간이 걸렸다. 이렇게 되자 부모들은 우쭐해질 수밖에 없었다. "걔는 우리밖에 명명할 필요가 없었던 거야. 그것 말고는 급한 게 없었던 거라고."

내가, 머리 속으로는, 오래 전부터 말을 하고 있었다는 사실을 부모님은 모르고 있었다. 하지만, 큰 소리로 말하는 것은 다른 차원의 문제인 것이 사실이다. 큰 소리로 말을 하는 것은 해당 단어에 특별한 가치를 부여하는 일이다. 발음된 단어가 감격하면서, 자신이 인정을 받아 소리로 나왔다고 생각하는 게 느껴진다. 우리는, 그 동안 단어에 지고 있던 빚을 갚기 위해, 혹은 단어를 찬양하기 위해 큰 소리로 말하는 것이라고 느낀다. 성대를 울려 '바나나' 라는 단어를 뱉는 것은, 수세기를 거슬러 바나나에 대한 경의를 표시하는 일이다.

이러니, 더욱 심사숙고할 필요가 있다. 나는 지적 탐구 단계에 돌입했고, 이 과정은 몇 주 동안 계속되었다. 당시에 찍은 사진들을 보면 내 표정이 어찌나 심각해 보이는지, 우스꽝스러울 정도이다. 내가 속으로 실존적인 얘기를 하고 있었던 탓이다. '신발? 아니지, 이게 가장 중요하지는 않지. 신발 없이도 걸을 수 있으니까. 종이? 중요하긴 하지, 하지만 연필도 종이처럼 필요한 건데. 종이와 연필 중에서 고를 방법이 없네. 초콜릿? 안돼, 이건 내 비밀이야. 물개? 물개는 고결하지, 멋있는 고함도 지르고. 그런데 팽이보다 정말 낫다고 할 수 있을까? 팽이는 정말 근사하잖아. 하지만 물개는 살아 있는 걸. 어떤 게 낫지? 빙빙 돌아가는 팽이, 아니면 살아 있는 물개? 자신 없으면 가만히 있는 게 상책. 히모니카? 소리는 잘 나지만, 정말로 꼭 필요한 물건일까? 그럼, 안경? 이건 아니야, 신기하긴 하지만, 아무 쓸모가 없잖아. 그렇다면 실로폰……?

어느 날, 엄마가 목이 긴 동물을 데리고 거실에 나타났다. 가늘고 긴 동물의 꼬리에는 플러그가 달려 있었다. 엄마가 버튼을 누르자 이 짐승이 일정한 간격으로 쉬지 않고 신음 소리를 내기 시작했다. 동물의 머리가 바닥에서 움직이기 시작했다. 왔다갔다하면서 엄마의 팔을 끌고 다녔다. 가끔씩, 바퀴 모양의 발을 이용해 몸체가 앞으로 나가기도 했다.

진공 청소기를 처음 본 것은 아니지만, 이때까지는 청소기의 존재 조건을 깊이 생각해본 적이 없었다. 나는 높이를 맞추기 위해 기어서 청소기에 다가갔다. 관찰 대상과 항상 눈높이를 맞춰야 한다는 것을 알고 있었던 것이다. 나는 청소기의 머리를 따라다녔다. 그리고 무슨 일이 벌어지는지 살펴보기 위해 카펫 위에 뺨을 댔다. 기적이 벌어지고 있었다. 청소기는, 마주치는 물질마다 모두 삼켜버렸다. 존재하는 것을 존재하지 않는 것으로 바꿔놓았다.

청소기는 뭔가를 무(無)로 바꾸어 놓고 있었다. 이런 바꿔놓기는 신이 하는 일로밖에 볼 수 없었다.

내게는, 얼마 전만 해도 신이었다는 기억이, 어렴풋이 있었다. 이따금씩, 머리 속에서 들리는 큰 목소리가 가늠할 수 없는 암흑 속으로 나를 밀어넣었다. 내게 이렇게 말했다. "기억해! 네 안에 살고 있는 건 나야! 기억하고 있어!" 나는 이 얘기를 어떻게 생각해야 하는지 잘 모르고 있었다. 하지만 나에게 신성(神性)이 있다는 게 대단히 그럴 듯하고 기분 좋은 일로 생각되었다.

갑자기, 나는 진공 청소기라는 형제를 만났다. 이렇게 깡그리 쓸어버리는 것이야말로 가장 신(神)다운 일이 아닌가? 신이라면 아무것도 입증해 보일 필요가 없다고 생각하려 했지만 잘 되지 않았다. 나는 청소기의 기적을, 그런 형이상학적인 일을 해낼 수 있기를 바랐다.

"앙끼오 쏘노 삣또레!(나도 화가입니다)" 라파엘로의 작품을 발견하면서 코레조는 이렇게 탄성을 질렀다. 비슷한 홍분을 느끼며, 나도 이렇게 외치려던 참이었다.

"나도, 나도 진공 청소기란 말이야!"

마지막 순간에, 너무 강렬한 인상을 주어서는 안 되겠다는 생각이 들었다. 내 어휘가 단어 두 개뿐인 것으로 인식되는 상황에서, 문장을 만들어 꺼내놓음으로써 신용하락을 자초할 생각이 없었다. 하지만 세번째 단어는 이미 점찍어 놓은 상태였다.

더 이상 기다리지 않고 입을 열었다. 나는 다섯 음절을

또박또박 끊어서 말했다. "진공 청소기!"

잠깐 어안이 벙벙해 있던 엄마가 호스의 목을 놓고 아버지에게 전화를 걸기 위해 달려갔다.

"우리 애 입에서 세번째 단어가 나왔어요!"

"뭐야?"

"진공 청소기요!"

"좋아. 우리가 한번 완벽한 주부로 만들어 보자고."

아빠는 틀림없이 조금 실망했을 것이다.

세번째 단어로 아주 멋있게 한 방 날렸다. 그러니, 네번째 단어를 고를 때는 세번째 단어만큼 실존적인 고민을 하지 않아도 되는 것이다. 나보다 두 살 반 많은 언니가 참 좋은 사람이라는 생각이 들기에, 이번에는 언니 이름으로 결정했다.

"줄리엣!"

나는 언니를 똑바로 쳐다보며 이렇게 소리쳤다.

언어에는 어마어마한 위력이 있다. 내가 큰 소리로 언니의 이름을 부르기 무섭게 우리 두 사람이 서로에게 불타는 애정을 느끼게 된 것을 보면 말이다. 언니는 나를 붙잡고 꼭 껴안았다. 트리스탄과 이졸데가 마신 사랑의 묘약처럼,

이 단어는 우리 두 사람을 영원히 하나로 묶어주었다.

나보다 네 살 위인 오빠의 이름을 다섯번째 단어로 선택하는 것은 있을 수도 없는 일이었다. 이 고약한 위인은, 오후 내내 내 머리를 깔고 앉아 『땡땡(TinTin)』(역자주 : 벨기에 만화가 에르제가 그린 만화)을 읽은 적도 있었다. 오빠는 나를 괴롭히는 것을 끔찍이도 좋아했다. 벌을 주기 위해, 오빠를 명명하지 않겠다. 그러면, 오빠라는 사람도 별로 존재하지 않을 테니까.

니쇼상이라는 일본인 보모가 나를 돌봐주며 우리와 함께 살고 있었다. 니쇼상은 착하디착한 사람이었다. 나를 몇 시간씩 어르곤 했다. 그녀는 자기 나라 말밖에 몰랐다. 나는 그녀의 말을 다 알아들었다. 내가 니쇼상의 이름을 불렀으니, 내 입에서 다섯번째로 나온 말은 일본어였다.

나는 이미 네 사람에게 이름을 붙여준 바 있었다. 상대방이 번번이 너무도 행복해 하는 모습을 보면서, 나는 더 이상 말의 중요성을 의심하지 않게 되었다. 말은 개개인의 존재를 증명해 주었다. 나는 사람들이 그 동안 존재에 대한 확신이 없었다는 결론을 내렸다. 존재를 확인받기 위해, 사람들은 내가 필요했던 것이다.

그렇다면, 말을 하는 것이 생명을 불어넣는 데 쓰이는 것인가? 확실치 않았다. 주변에서 사람들이 아침부터 저녁까지 말을 하는데도 그런 기적 같은 일은 벌어지지 않는 걸 보면 말이다. 가령, 우리 부모님에게는, 말을 하는 것이 이런 것이나 다를 바 없었다.

"그치들을 26일날 초대했어."

"그치들이 누구예요?"

"이것 봐, 다니엘. 당신이 아는 사람이 그 사람들밖에 더 있어? 우리가 어디 그치들과 한두 번 저녁을 먹었어?"

"기억이 안 나요. 그치들이 대체 누구예요?"

"보면 알아."

나는, 이런 얘기가 오간 뒤에도, 그치들이 딱히 더 존재하게 되었다는 느낌은 받지 못했다. 그 반대였으면 반대였지.

우리 오빠와 언니에게는 말을 한다는 게 이런 것이나 다름없었다.

"내 레고 상자 어디 있어?"

"난 몰라."

"거짓말 치고 있어! 지가 가졌으면서!"

"아니야."

"그럼 어디 있는지 한번 말해 보시지!"

이러고 나서는 치고받고 싸웠다. 말을 하는 게 싸움의 전조였던 것이다.

다정한 니쇼상이 나한테 말을 할 때는, 끔찍한 것을 대하는 일본인 특유의 미소를 지으며, 어렸을 때 고베―니시노미야를 달리던 열차에 여동생이 어떻게 치였는지 얘기하는 경우가 대부분이었다. 얘기의 대목 대목마다, 어김없이, 니쇼상의 입에서 나오는 말들이 어린 동생을 죽였다. 그러니까, 말을 하는 것은 사람을 죽이는 일에도 쓰일 수 있는 것이다.

나는, 지극히 교훈적인 다른 사람들의 언어 행위를 관찰하면서, 말을 한다는 행위가 창조적이면서도 아주 파괴적이라는 결론에 도달하게 되었다. 그러니, 말이라는 발명품은 아주 조심해서 쓰는 게 낫겠다.

이밖에도, 말이라는 깃이 무헤무독하게 쓰일 수 있다는 사실을 알게 되었다. "날씨 참 좋네요.", "정말 얼굴 좋아 보이시네요!" 같은 문장들은 전혀 형이상학적인 효과를 내지 못했다. 조금도 겁먹지 않고 쓸 수 있는 문장들이었

다. 굳이 하지 않아도 되는 말들이었다. 이런 말을 할 때
는, 상대방에게, 죽이지 않을 테니 걱정 말라고 알려주는
목적이 있는 게 틀림없었다. 오빠의 물총이나 같았다. 오
빠가 "빵야! 넌 이제 죽었어!"라면서 총을 쏴도 나는 죽지
않았다. 물에 젖을 뿐이었다. 사람들은 자신이 들고 있는
무기에 실탄이 장전되어 있지 않다는 것을 보여주기 위해
이런 식의 표현을 쓰는 것이다.
　지극히 당연한 귀결이었다. 여섯번째로 선택된 단어는
'죽음' 이었다.

집안에 이상한 침묵이 흘렀다. 나는 정보를 수집할 생각으로 큰 계단을 내려갔다. 거실에서, 아버지가 울고 있었다. 생각할 수 없는 장면이었다. 그 후로 아버지가 우는 모습을 다시는 본 적이 없었다.

엄마가 내게 아주 조용히 말했다.

"네 아빠가 엄마를 잃어버렸어. 할머니가 돌아가셨단다."

나는 참담한 표정을 지었다.

"물론, 너는 죽음이 뭔지 모르지. 두 살 반밖에 안 되었으니까."

엄마가 연이어 말했다.

"죽음!'

나는 확신에 가득 찬 목소리로 이렇게 외치고 나서 자리를 떠났다.

죽음! 내가 모르는 것인 것처럼. 두 살 반이기 때문에 죽음까지는 아직 한참 남은 것처럼. 사실은, 사실은 죽음이 가까워지고 있는데 말이다. 죽음! 나만큼 죽음을 잘 아는 사람이 어디 있겠는가? 이 단어의 의미를, 나는 불과 얼마 전에야 떨쳐버릴 수 있었다. 그래서 나는 다른 아이들보다 죽음의 의미를 훨씬 잘 알고 있다. 인간의 한계를 넘어 죽음의 의미를 연장시킨 사람이 바로 내가 아니던가. 2년 동안 뇌사 상태로 살았던 — 뇌사 상태로 사는 게 가능하다면 말이다 — 사람이 바로 나다. 그럼 우리 부모님은 그렇게 오랫동안 내가 요람에서 뭘 하고 있었다고 생각한단 말인가? 내 삶을 죽이고, 시간을 죽이고, 두려움을 죽이고, 허무(虛無)를 죽이고, 무기력을 죽이는 것 말고 뭘 했다고 생각한단 말인가?

죽음, 나는 이 문제를 아주 가까이서 관찰했다. 죽음, 그건 천장이었다. 자기 자신보다 천장을 더 잘 알면, 죽은 것이다. 천장은 눈이 올라가지 못하게, 생각이 비상하지 못하게 막는다. 천장은 지하 납골당이다. 뇌의 뚜껑이다. 죽음이 찾아오면, 우리들의 두개골 냄비 위에 거대한 뚜껑이 덮인다. 나는 이 과정을 반대로 겪는 특이한 체험을 했다. 기억까지는 못하더라도 어렴풋이 느낌은 간직할 수 있는 나이에 말이다.

지하철이 땅 속에서 나오면, 검은 커튼이 걷히면, 마비 상태가 끝나면, 필요한 눈만 다시 우리를 쳐다보면, 죽음의 뚜껑이 들린다. 우리의 두개골 지하 납골당은 노천으로 나와 뇌가 된다.

어떤 방식으로든 죽음을 너무 가까이서 체험하고 난 뒤 살아 돌아온 사람들은, 자신들 속에 있는 에우리디케(역자 주 : 그리스 신화에 등장하는 요정)를 제지하며 살아간다. 이들은, 자신들 내부에, 죽음을 너무도 생생히 기억하는, 정면으로 쳐다보지 않는 게 좋은 뭔가가 있음을 알고 있다. 죽음이라는 것이 땅굴처럼, 커튼이 쳐진 방처럼, 외로움처럼 끔찍하고도 매혹적이기 때문이다. 아주 편안할 수 있을 것이라는 느낌이 들기 때문이다. 그냥 가만히 있다보면 이 내적 동면을 다시 경험하게 된다. 에우리디케의 매력이 너무나 강하기 때문에, 우리는 에우리디케를 뿌리쳐야 하는 이유를 잊어버리게 된다.

이 길이 대부분 한번 떠나면 되돌아올 수 없다는, 단 한 가지 이유 때문에 에우리디케의 유혹은 물리쳐야 한다. 편도가 아니라면 유혹을 물리칠 필요가 없을 것이다.

나는 화이트 초콜릿 할머니를 생각하면서 계단에 앉았다. 할머니는 나를 죽음에서 꺼내 주었다. 그런데, 바로 얼마 있다가 할머니 차례가 되었다. 무슨 흥정이라도 있었던 것처럼 말이다. 할머니는 나를 살리기 위해 자신의 목숨을 담보로 잡힌 것이다. 그 사실을 알고 계셨을까?

적어도 내 기억 속에서는 할머니의 존재가 예전 그대로 남아 있다. 우리 할머니는 막 지은 내 기억의 집에 입주하셨다. 그러니, 왕홀(王笏)같이 남아 있는 할머니의 초콜릿 바를 따라 할머니도 그 집에 살아 계신 것은 너무도 당연했다. 할머니는 당연히 받을 대접을 받으신 것이다. 할머니한테서 받은 것을 내 나름대로 돌려드리는 방법이다.

나는 울지 않았다. 다시 방에 올라가 세상에서 가장 멋진, 팽이 놀이를 했다. 나한테는 세상 어떤 경이로운 것에도 뒤지지 않는 플라스틱 팽이가 있었다. 나는 팽이를 돌려놨다. 몇 시간 동안 뚫어지게 쳐다보았다. 끝없이 회전하는 팽이를 보고 있자니 절로 심각한 표정이 나왔다.

　죽음, 나는 죽음이 뭔지 알고 있었다. 그렇지만 죽음을 이해하는 것으로 만족할 수는 없었다. 물어보고 싶은 게 수없이 많았다. 문제는, 나한테 공식적으로 여섯 단어밖에 없다는 것이었다. 이 단어들 중에 동사도, 접속사도, 부사도 없으니, 의문문을 만들기는 힘든 상황이었다. 물론, 사실상, 내 머리 속에는 필요한 어휘가 다 있었다. 하지만, 그 동안 내가 사람들을 속였다는 사실을 들키지 않고 어떻게 단번에 여섯 단어에서 수천 단어로 뛰어넘을 수 있단 말인가?
　다행히도, 한 가지 해결책이 있었다. 바로 니쇼상이었다. 니쇼상은 일본어밖에 못했기 때문에 엄마와 얘기할 수 있는 기회가 제한되었다. 나는 니쇼상의 언어 뒤에 숨어, 그녀에게 몰래 말을 할 수 있었다.
　"니쇼상, 사람은 왜 죽어?"
　"너, 말을 하는 거니?"

"응, 그치만 아무한테도 얘기하지 마. 비밀이야."

"네가 말을 하는 걸 알면 부모님이 좋아하실 텐데."

"깜짝 놀라게 하려고. 사람은 왜 죽는 거야?"

"신이 원하니까."

"진짜 그렇게 생각해?"

"모르겠어. 난 죽는 사람을 너무 많이 봤어. 여동생은 기차에 치였고, 부모님은 전쟁 때 폭격에 맞아 돌아가셨어. 신이 그걸 원했는지는 모르겠어."

"그럼, 사람은 대체 왜 죽는 거야?"

"아, 너희 할머니 말이야? 늙어서 죽는 건 자연스러운 일이야."

"왜?"

"오래 살고 나면 피곤해지거든. 죽는다는 건, 노인에게는, 잠을 자러 가는 것과 마찬가지야. 좋은 거지."

"그럼, 늙지도 않았는데 죽는 건?"

"그건, 왜 그렇게 되는지 모르겠어. 내 이야기가 다 이해되니?"

"응."

"그럼, 넌 불어보다 일본어를 먼저 하는구나."

"아니야. 같은 거야."

내가 볼 때는, 여러 언어가 있는 게 아니고 딱 한 가지 위대한 언어가 있었다. 기분에 따라 일본어식 변이형을 고르기도 하고, 불어식 변이형을 고르기도 하는 것이다. 나는 이때까지 한 번도 이해가 안 되는 말을 들어본 적이 없었다.

"만약 같은 거라면, 내가 불어를 못하는 건 어떻게 설명할래?"

"몰라. 폭격 얘기나 해줘."

"꼭 듣고 싶어?"

"응."

니쇼상은 악몽 같은 얘기를 꺼내기 시작했다. 1945년에, 그녀는 일곱 살이었다. 어느 날 아침, 폭탄이 비오듯이 퍼붓기 시작했다. 고베에서는, 폭탄 떨어지는 소리가 들리는 게 처음이 아니었다. 수도 없이 있는 일이었다. 하지만 그날 아침, 니쇼상은 이제 자기 식구들 차례라고 느꼈다. 예감이 맞았다. 니쇼상은, 죽음이 자신의 잠든 모습을 발견하기를 바라면서, 다다미 위에 길게 누워 있었다. 갑자기, 그녀 바로 옆에서 폭발이 일어났다. 얼마나 대단한 폭발이었는지 어린 니쇼상이 처음에 자기 몸이 갈가리 찢어졌다고 믿을 정도였다. 폭발 직후, 그녀는, 살았다는 사실을 놀랍게 생각하면서, 아직도 사지가 몸통에 붙어 있는지 확인해 보고 싶었다. 그런데 무엇 때문인지 확인을 할 수가 없었다. 그녀는 시간이 제법 지나고 나서야 매몰되었다는 사실을 알았다.

그녀는 이때부터 손으로 흙을 파내기 시작했다. 위로 향하고 있었으면, 하고 바라면서도 확신은 없었다. 어느 순간, 땅 속에서, 팔 하나에 손이 닿았다. 누구의 팔인지 알 수가 없었다. 누군가의 몸통에 여전히 붙어 있는 것인지, 아닌지조차 알 수 없었다. 딱 한 가지 확실한 것은, 이 팔이 주인 없이 죽어 있다는 것이다.

니쇼상은 방향을 잘못 잡고 있었다. 그녀는 무슨 소리가 나는지 듣기 위해 흙을 파던 손을 멈추었다. '소리가 나는 쪽으로 가야 해. 바로 거기에 생명이 있으니까.' 그녀는 고함 소리를 듣고 그쪽으로 흙을 파헤치려고 애를 쓰고 있었다. 다시 두더지처럼 일을 하기 시작했다.

"숨은 어떻게 쉬었는데?"

내가 물었다.

"모르겠어. 어떻게 되는 수가 있더라. 어쨌든 그 밑에 살면서도 숨을 쉬는 동물들이 있잖아. 공기가 어렵게, 어렵게 들어왔지만 어쨌든 들어오기는 하더라. 계속 듣고 싶어?"

나는 좋아서 어쩔 줄을 모르며 다음 얘기를 청했다.

결국, 니쇼상은 땅 위로 올라왔다. '바로 거기에 생명이 있어.' 하고 그녀의 본능이 얘기했다. 그런데, 본능이 그녀를 기만한 것이다. 바로 거기에 죽음이 있었으니까. 부서진 집들 사이로 인간 파편들이 보였다. 어린 니쇼상이 아버지의 머리를 발견하자마자, 몇번째인지도 알 수 없는 폭탄이 터지더니 그녀를 건물 잔해 속으로 아주 깊숙이 파묻어 버렸다.

흙 수의(壽衣) 밑에서, 그녀는 먼저 여기에 계속 있을 것인지 말 것인지 생각했다. '여전히 여기가 나한테 가장 안전하고, 끔찍한 것도 제일 적게 보여.' 점차, 그녀는 숨이 막히기 시작했디. 이번에 보게 될 것을 생각하면 등골이 오싹했지만, 소리가 들리는 곳을 향해 흙을 팠다. 그녀의 걱정은 기우에 불과했다. 아무것도 볼 수 없었다. 흙 속을 빠져 나오자마자 다시 4미터 밑으로 내려가 버리고 만 것이다.

"몇 시간 동안 그러기를 계속했는지 모르겠어. 나는 파고, 또 팠어. 그런데, 땅 위로 올라가고 나면 번번이 폭발이 일어나 다시 흙 속에 묻혀버렸어. 왜 다시 위로 올라가는지도 모르게 되더라고. 그래도 다시 위로 올라갔어. 그 힘이 나보다 훨씬 강했거든. 아버지가 죽었고, 이제는 집도 없다는 것을 아는 상태였어. 하지만 엄마와 남자 형제들이 어떻게 됐는지는 그때까지 모르고 있었지. 비처럼 쏟아 붓던 폭탄이 멈추었을 때, 나는 아직도 살아 있다는 사실에 경악을 금치 못했어. 건물 잔해를 치우자 서서히 시신들이 발견되었지. 실종자들의 시신이 통째로, 아니면 부분, 부분, 눈에 띄었어. 그 중에는 엄마와 내 남자 형제들도 있었지. 나는, 2년 먼저 기차에 깔려 이 장면을 목격하지 않아도 되는 내 여동생이 부러웠어."

니쇼상이 입만 열면 재미있는 이야기 보따리가 술술 나왔다. 그녀의 이야기 속에 등장하는 몸은 항상 조각조각나는 것으로 끝을 맺었다.

내가 점점 보모를 독차지하자 부모님은 일손을 덜어줄 일본인 보모를 한 명 더 들이기로 결정했다. 두 분은 슈쿠가와 마을에 광고를 냈다.

지원한 여성이 한 명밖에 없었기 때문에 부모님이 선택을 두고 고민할 필요가 없었다.

이렇게 해서 카시마상이 두번째 보모로 들어왔다. 그녀는 먼저 들어온 보모와는 정반대였다. 니쇼상은 젊고, 유순하고, 친절한 사람이었다. 예쁘지도 않았고, 가난한 서민 출신이었다. 쉰 살 가량 된 카시마상은 출신만큼 귀족적인 미모를 지닌 사람이었다. 그녀의 수려한 얼굴은 우리를 깔보듯 바라보았다. 그녀는 미국이 1945년에 없애버린, 그 유서 깊은 일본 귀족 출신이었다. 30년 가까이 공주 신분으로 지내다가 하루아침에 작위도, 돈도 다 잃어버리게 된 것이다.

그때부터 그녀는 우리 집에서처럼, 남의 집 허드렛일을 하면서 생계를 꾸렸다. 그녀는 백인들 모두가 자신의 신분 하락에 책임이 있다고 생각하면서 우리를 싸잡아 증오했다. 섬세하기 그지없는 이목구비와 거만하게 마른 그녀의 몸을 보면 존경심이 생길 정도였다. 우리 부모님은 아주 지체 높은 귀부인을 대하는 것처럼, 예를 갖춰 그녀에게 말을 건넸다. 그런 부모님에게 그녀는 말도 하지 않았다. 그리고 가능한 한 일을 하지 않았다. 우리 엄마가 이런저런 일을 도와달라고 하면, 그녀는 한숨을 내쉬면서 '당신이 뭐라도 되는 줄 알아?' 하는 시선으로 엄마를 쳐다보았다.

카시마상은 먼저 들어와 있던 니쇼상을 아주 막 대했다. 비단 니쇼상의 낮은 신분 때문만은 아니었다. 카시마상은 니쇼상을 적과 손잡은 배신자로 취급했다. 봉건 군주에게 복종하는 불쌍한 본능을 지닌 니쇼상에게 모든 일을 떠넘겼다. 그리고 틈만 나면 니쇼상에게 욕을 해댔다.

"네가 그 사람들한테 어떤 식으로 말하는지 알기는 알아?"

"그분들이 저한테 하는 것처럼 저도 똑같이 해요."

"넌 명예라는 걸 손톱만큼도 모르는 사람이야. 아니, 그러니까, 너는 그 인간들이 1945년에 우리를 모욕한 것으로 모자란다는 말이야?"

"그분들이 그런 게 아니잖아요."

"그 놈이 그 놈이지. 그 인간들은 미국의 동맹이었어."

"전쟁 때는, 저나 그분들이나 모두 어렸어요."

"그게 어떻다는 거야? 그 인간들의 부모는 우리 적이었어. 그 아버지에 그 자식이지. 난, 그 인간들을 경멸해."

"애 앞에서는 이런 얘기하지 마세요."

니쇼상이 턱으로 나를 가리키면서 말했다.

"이 갓난쟁이 말이야?"

"무슨 말씀을 하시는지 알아들어요."

"오히려 잘 됐네."

"전, 이 젖먹이가 너무 좋은걸요."

니쇼상의 말은 사실이었다. 그녀는 자신의 두 딸만큼 나를 사랑했다. 니쇼상에게는 열 살짜리 쌍둥이 딸이 있었는데, 둘을 따로 떼어서 생각하지 않았기 때문에, 한 번도 딸들의 이름을 부른 적이 없었다. 니쇼상이 늘 후따고, 하고 부르고, 일본어에는 복수 표기가 모호한 경우가 많아서, 나는 오랫동안 이 쌍수(雙數) 단어가 한 아이의 이름인 줄 알았다. 이느 날, 두 쌍둥이 딸이 집에 왔는데, 니쇼상이 "후따고!" 하고 멀리서 큰 소리로 불렀다. 그러자 두 딸이 마치 샴 쌍둥이처럼 달려왔다. 단어의 의미를 내게 행동으로 보여준 것이다. 일본에서는 쌍둥이 임신이

다른 곳보다 훨씬 심각한 문제로 인식되고 있는 게 분명하다.

나는, 내가 나이 덕분에 특별한 지위를 누리고 있다는 사실을 금방 깨달았다. 일본에서는, 태어나서 유치원에 들어가기 전까지는 신이다. 니쇼상은 나를 신처럼 대했다. 우리 오빠와 언니, 후따고는 이미 신성한 나이를 지났다. 그래서 이들한테는 그냥 평범하게 말을 했다. 하지만 나는, 오꼬사마(애기님)고, 어린 제왕이었다.

내가 아침마다 부엌으로 가면, 니쇼상은 엎드려서 나한테 키를 맞추었다. 내가 하고 싶은 것은 다 해주었다. 내가 자기 음식에 탐을 내면—내가 니쇼상이 먹는 음식을 더 좋아했기 때문에 흔히 이런 일이 생겼다—그때부터 밥그릇에 손도 대지 않았다. 내가 다 먹을 때까지 기다렸다가 다시 먹기 시작했다. 내가 인심을 써서 니쇼상 몫으로 조금이라도 남겨 놓았으면 말이다.

어느날 점심때는, 내가 하는 짓을 보고 엄마가 호되게 나무랐다. 그러고 나서 니쇼상에게 앞으로는 절대 내멋대로 하게 두지 말라고 지시했다. 소용없는 일이었다. 엄마가 자리를 뜨기 무섭게 나는 다시 니쇼상의 음식을 빼앗아

먹었다. 삶은 당근을 곁들여 먹는 고기 조각보다는 오코
노미 야끼(양배추, 새우, 생강을 넣어 동글동글하게 빚은
것)나 츠케모노(노란 사프란 가루를 푼 소금물에 절인 서
양 고추냉이)와 같이 먹는 밥이 훨씬 미각을 자극했기 때
문이다.

식당에서 하는 식사와 부엌에서 하는 식사, 이렇게 두
가지 식사가 있었다. 나는, 뱃속에 빈 자리를 남겨둘 생각
으로 식당에서는 깨작거렸다. 나는 재빨리 입장을 정했
다. 나를 다른 사람과 똑같이 취급하는 우리 부모님과 신
처럼 받드는 보모 사이에서 망설일 이유가 없었다.

나는 일본 사람이 될 것이다.

나는 일본 사람이었다.

두 살 반에, 간사이 지방에서, 일본인이라는 것은 아름다움과 경배 속에서 사는 것을 뜻했다. 일본인이라는 것은 비에 젖은 정원에서 작열하듯 향을 뿜는 꽃들을 꾸역꾸역 먹는 것, 돌 연못가에 앉아 있는 것, 자기 가슴 속처럼 큰 산들을 멀리서 바라보는 것, 땅거미가 질 때 동네를 가로질러 지나가는 고구마 장수가 흥얼거리는 불가사의한 노래 가락을 긴 여운으로 가슴에 새기는 것을 뜻했다.

두 살 반에, 일본인이라는 것은 니쇼상에게 선택받은 사람이라는 의미였다. 내가 부탁만 하면 니쇼상은 언제든지 일손을 멈추고 나를 팔에 안은 뒤, 새끼 고양이나 꽃이 핀 벚나무가 나오는 노래를 부르며 얼러주었다.

그녀는 언제든지 얘기 보따리를 풀어놓을 수 있는 사람이었다. 내가 넋을 잃고 듣던 토막난 몸뚱이 얘기나 가마솥에 사람을 넣고 수프를 끓이는 마녀가 등장하는 옛날 얘기를 주로 들려주었다. 그녀가 해주는 멋진 얘기를 듣노라면 황홀하다 못해 얼이 빠질 지경이었다.

그녀는 자리에 앉아서 나를 인형처럼 살랑살랑 흔들어주었다. 나는 위로받고 싶다는 한 가지 열망에 고통스러운 표정을 지었다. 그러면 그녀는 뛰어난 연기력을 발휘했다. 완벽한 기교로 측은지심을 발휘하고, 존재하지도 않는 내 슬픔을 한참 동안 달래주었다.

그리고 나서는, 내 얼굴의 윤곽을 따라 섬세한 손끝을 움직이고, 이보다 더 아름다울 수 없다면서 그 아름다움을 찬양했다. 그녀는 내 입, 내 이마, 내 뺨, 내 눈에 몸을 떨었다. 얼굴이 이토록 아름다운 여신은 처음 본다는 결론을 내렸다. 니쇼상은, 정말 좋은 사람이었다.

그리고, 나는 시시지도 않고 그녀의 팔에 안겨 있었다. 그녀의 숭배를 받으며 알큰한 기분에 젖어, 언제까지라도 그렇게 있을 수 있었다. 그녀 자신도 나를 숭배하면서 황홀감을 느꼈다. 내 신성(神性)의 정당함과 고결함은 그렇게 입증되었다.

두 살 반에, 바보가 아니고는 일본 사람이 되지 않을 수 없었다.

내가 괜히 모국어에 대한 지식보다 일본어에 대한 지식을 먼저 보여준 게 아니었다. 언어 요건이 충족되어야 나에 대한 우상 숭배가 이루어질 수 있었기 때문이다. 내가 신도들과 의사 소통을 하려면 관용적인 표현이 필요했다. 신도들이 아주 많지는 않아도, 그들의 신실한 믿음과 내 세계에서 차지하는 비중으로 봐서, 충분한 숫자였다. 내 신도는 니쇼상, 후따고, 그리고 행인들이었다.

우리 종파(宗派)의 주임 사제와 손을 잡고 길을 걸어다닐 때, 나는 차분한 마음으로 구경꾼들의 박수갈채를 기대했다. 사람들이 나의 빼어난 미모를 보고 틀림없이 탄성을 지를 것이라는 사실을 알았기 때문이다.

아무리 추앙을 받아도, 정원 안에 있을 때가 가장 좋았다. 정원은 나의 사원이었다. 꽃과 나무를 심어놓고 벽을 둘러친 조그마한 땅덩이. 우주와 화해하기에 이보다 더 좋은 곳이 어디 있겠는가?

집에 있는 정원은 일본식이었다. 일본식이라고 말하고

나니, 결국 동어반복이 되고 말았다.(역자주 : 작가는 일본 스타일이 녹아 있다고 보는 정원이란 말이 일본과 동의어나 다름없다고 본다. '와인' 이라고 할 때 자연스럽게 프랑스 와인을 떠올리는 것처럼. 그래서 '일본식 정원' 이 동어반복인 셈이다.) 우리 정원은 젠 양식(Zen Style)은 아니었다. 하지만 돌이 놓인 연못, 간결한 양식, 심어놓은 정원수(庭園樹)를 보면 가장 종교적으로 정원의 개념을 정립한 일본이라는 나라가 느껴졌다. 일본식 기와를 얹어 높게 쌓아 정원을 가두어버린 담 안에서, 나는 속인들의 시선을 피했다. 정원을 에워싼 담은 우리가 신전에 있다는 사실을 입증해주고 있었다.

지상의 행복을 상징적으로 표현할 곳이 필요할 때, 신은 무인도나 고운 모래사장, 잘 익은 밀밭이나 푸릇푸릇한 고산 목장을 선택하지 않는다. 정원을 고른다.

나도 같은 생각이었다. 군림하기에 정원보다 좋은 땅이 어디 있겠는가? 나는 봉토로 받은 정원과, 내 명령을 받으면 빠른 속도로 꽃을 피우는 식물 신하들이 있었다. 내가 존재하고 나서 처음 맞는 봄이었다. 그래서 청년기의 식물들이 절정기를 거친 후 쇠락할 것이라는 생각은 하지도 못했다.

어느 날 저녁, 나는 봉오리가 올라온 줄기를 보고 "꽃을 피워." 하고 말했다. 다음날, 그것은 꽃이 활짝 핀 백작약이 되어 있었다. 의심의 여지가 없었다. 내게 힘이 있는 것이다. 니쇼상에게 그 말을 했더니, 부인하지 않았다.

2월에 나한테 기억이 생기고 나서부터는, 세상이 끊임없이 꽃을 피웠다. 자연이 나의 군림에 협조하고 있었다. 매일, 정원은 전날보다 더 무성해졌다. 꽃 한 송이가 시들고 나면 조금 떨어진 곳에서 더 예쁜 꽃이 피었다.

사람들이 나한테 얼마나 고마울까! 내가 없었을 때는 사람들의 삶이 얼마나 슬펐을까! 이 무수한 경이로움을 선사한 사람이 바로 나였으니 말이다. 사람들이 나를 숭배하는 게 지극히 당연한 일이 아니겠는가?

그런데, 이 호교론(護敎論)에 논리적 문제가 하나 있었다. 카시마상이라는 존재였다.

그녀는 나를 믿지 않았다. 일본인으로서는 유일하게 신흥 종교를 수용하지 않았다. 그녀는 나를 증오했다. 예외가 있어야 규칙이라고 생각할 만큼 순진한 사람은 문법학

자들밖에 없다. 나는 순진한 사람이 아니었다. 그래서 카시마상의 경우가 당혹스러웠다.

가령, 내가 두번째 식사를 하러 주방에 갔을 때, 그녀는 내가 자기 음식에 손을 대게 하지 않았다. 그녀의 무례한 태도에 경악을 금치 못하면서, 나는 다시 한 번 그녀의 그릇에 손을 넣었다. 그러다 뺨을 한 대 얻어맞고 말았다.

나는 질겁하고 니쇼상을 찾아가서 울었다. 니쇼상이 불경한 인간을 혼내주길 기대하면서 말이다. 그런데 전혀 기대와 달랐다.

"이게 말이 된다고 생각해?"

내가 분개하며 니쇼상에게 말했다.

"카시마상이잖아. 그런 사람인 걸 뭐."

나는 이게 과연 수긍이 가는 대답인지 생각해보았다. 단지 '그런 사람' 이라고 해서 나를 때려도 되는가? 조금 심했다. 나를 숭배하지 않는 고집불통 카시마상은 괴로울 것이다.

나는 카시마상의 정원에는 꽃이 피지 않게 하라고 명령했다. 그래도 카시마상은 동요하는 기색이 없었다. 나는 그녀가 식물학의 매력에 무관심하다는 결론을 내렸다. 사실, 카시마상은 정원이 없었다.

그래서 나는 조금 더 자비를 베풀어 그녀를 유혹하기로 결정했다. 나는 관후한 미소를 지으며 그녀 앞으로 나가서 손을 내밀었다. 마치 시스티나 성당 천장에서 하느님이 아담에게 하듯이 말이다. 그녀는 고개를 돌렸다.

카시마상은 나를 거부했다. 나를 부정했다. 적(敵)그리스도가 있듯이, 그녀는 나의 적이었다.

나는 그녀에게 깊은 연민을 느꼈다. 나를 숭배하지 않으면 얼마나 침울하겠는가! 눈에 다 보였다. 니쇼상과 다른 신도들은 행복에 겨운 환한 표정들이었다. 나를 사랑하는 게 좋았기 때문이다.

카시마상은 이런 달콤한 유혹에 넘어가지 않았다. 아름다운 이목구비, 매몰차게 뿌리치기만 하는 그녀의 표정에서 이런 마음이 읽혔다. 나는 그녀를 관찰하며 주위를 맴돌았다. 그녀가 내게 호감을 갖지 못하는 이유를 찾고 싶었다. 나한테 원인이 있을 수도 있다는 생각은 단 한 번도, 꿈에도 하지 않았다. 나는 머리끝에서 발끝까지, 이론의 여지가 없는, 세상의 보석 같은 존재라는 확신이 너무나 강했던 탓이다. 그러니까, 귀족 출신 보모가 나를 좋아하지 않는 것은, 그녀에게 문제가 있기 때문이다.

나는 문제를 발견했다. 카시마상을 예의 주시한 결과, 그녀가 자제하는 병에 걸렸다는 사실을 알게 되었다. 기뻐하고, 포식하고, 황홀감을 느끼고, 재밌게 즐길 수 있는 기회가 생길 때마다 우리 고결한 부인은 입을 앙다물었다. 입술은 뻣뻣해졌다. 자제하고 있었기 때문이다.

육체적 쾌락은 그녀한테 어울리지 않는 것처럼 말이다. 그녀에게는, 기쁨이 포기와 동의어라도 되는 것처럼 말이다.

나는 몇 가지 과학 실험에 돌입했다. 정원에서 제일 예쁜 동백꽃을 카시마상에게 갖다주면서, 특별히 그녀를 위해 꺾은 꽃이라고 명시했다. 입을 삐쭉하더니 냉랭하게 고마움을 표시했다. 나는 니쇼상에게 카시마상이 제일 좋아하는 요리를 해주라고 부탁했다. 니쇼상이 만든 최고의 챠완 무시(역자주 : 양념해서 찐 밥)를 마지못해 먹고 난 카시마상은 일언반구도 없었다. 나는 무지개를 발견하고 카시마상을 부르러 뛰어갔다. 멋진 감상의 기회를 주기 위해서였다. 그녀는 어깨를 으쓱했다.

이번에는, 관대한 마음으로, 머리 속에 그릴 수 있는 가장 아름다운 장면을 카시마상에게 선사하기로 결심했다. 나는 니쇼상한테서 받은 옷 — 분홍색 비단에 수련 무늬를 넣은 작은 기모노, 기모노에 딸린 큼지막한 빨간색 오비, 옻칠한 게다, 자주색 종이에 백학(白鶴) 떼가 날아가는 모습을 그린 양산 — 을 꺼내 입었다. 입에는 엄마의 립스틱을 찍어 발랐다. 거울로 가서 내 모습을 비춰보았다. 의심의 여지가 없는, 아주 근사한 모습. 누군들 이런 모습에 반하지 않을 수 있겠는가?

나는 우선 충직한 신도들에게 감상의 기회를 주었다. 내가 기대했던 대로, 탄성이 터져나왔다. 탐이 날 만큼 아름다운 나비처럼 빙글빙글 돌면서, 이번에는 내 멋진 모습을 정원에게 선보였다. 신들린 듯이, 공중으로 도약하면서 춤을 추었다. 춤을 추다가 커다란 작약을 한 송이 꺾어 멋을 부렸다. 빨간 모자를 쓰듯이, 작약을 머리에 썼다.

이렇게 치장하고 카시마상 앞에 나타났지만, 그녀는 전혀 반응을 보이지 않았다.

내 진단이 정확했음을 확인하는 순간이었다. 그녀는 자제하고 있었다. 그게 아니라면, 어떻게 나를 보고 탄성을 지르지 않을 수 있었겠는가? 그래서 나는, 죄인을 동정하는 신(神)처럼, 그녀에게 무조건적인 동정심을 느꼈다. 불쌍한 카시마상!

기도라는 게 있는 줄 알았더라면, 그녀를 위해 기도했을 것이다. 그런데 이 회의파 보모를 내 세계관 안으로 끌어들일 수 있는 방법이 도저히 보이지 않았다. 나는 이게 분했다.

내 권력의 한계를 발견하게 된 것이다.

아버지

친구 중에 프랑스 여성과 결혼한 베트남인 사업가가 있었다. 1970년의 베트남 상황으로 미루어 쉽게 상상할 수 있는 정치적 문제들이 발생하자, 그분은 황급히 고국으로 돌아가야 했다. 귀국하면서 아내는 데리고 갔지만 여섯 살배기 아들은 차마 달고 갈 엄두를 내지 못해 우리 부모님에게 무한정 맡기게 되었다.

위고는 차분하고 다소곳한 남자 아이였다. 적, 그러니까 우리 오빠와 손을 잡기 전까지는 나에게 좋은 인상을 주었다. 두 사내 녀석은 단짝이 되었다. 나는 벌을 주기 위해 위고의 이름을 부르지 않기로 결정했다.

나는, 사람들에게 너무 충격을 주지 않으려고, 불어로는 여전히 몇 안 되는 단어만 말하고 있었다. 그런데 이런 상

황을 참을 수 없게 되었다. '위고랑 앙드레는 바보 똥개'
같은 결정적인 얘기를 큰 소리로 할 필요를 느꼈던 것이
다. 안타깝지만, 이런 기교 있는 주장들은 내 언어능력 밖
인 것으로 간주되는 상황이었다. 나는 "이 녀석들, 두고
봐라."는 심정으로 입술을 깨물었다.

이따금씩, 왜 부모님에게 내 언어 구사 수준을 보여주
지 않고 있는지 모르겠다는 생각이 들었다. 그런 능력을
발휘하지 않는 이유가 뭔가? 내가, 부지불식중에 '아이'
라는 단어의 어원에 얽매여, 막상 말을 하면 그 동안 점성
술사나 정신박약자처럼 받던 정중한 대접을 못 받게 될지
도 모른다는, 막연한 생각을 하고 있었던 탓이다.

일본 남쪽의 4월은 관능적으로 부드럽다. 부모님은 우
리를 바다에 데리고 갔다. 그 당시 오물로 넘치던 오사카
만(灣) 덕분에, 나는 이미 대양(大洋)에 대해서는 잘 알고
있었다. 오사카 만에서 수영하는 것은 하수구에서 수영하
는 격이었기 때문에 우리는 반대편에 있는 돗토리 현으로
갔다. 나는 그곳에서 발견한 동해의 아름다움에 완전히
매료되었다. 일본 사람들은 대양을 여성적인 것으로 생각
하는 반면 동해는 남성적인 것으로 여긴다. 나는 이런 구

분이 당혹스러웠다. 지금까지도 딱히 이해가 되지 않는 구분이다.

돗토리 현의 해변은 사막처럼 드넓었다. 나는 이 사하라 사막을 지나 물가에 닿았다. 물도 나만큼 겁을 냈다. 소심한 아이들처럼, 물은 쉬지 않고 전진과 후퇴를 반복했다. 나도 물을 따라했다.

우리 가족은 모두 물 속으로 뛰어들었다. 엄마가 나를 불렀다. 나는 튜브를 허리에 두르고도 차마 따라 들어갈 엄두를 내지 못했다. 나는 공포와 욕망으로 바다를 쳐다보았다. 엄마가 와서 내 손을 잡아 데리고 갔다. 갑자기, 나는 지구의 중력에서 벗어났다. 액체가 나를 휩쓸어 표면 위로 올려놓았다. 나는 쾌락과 황홀감으로 소리를 질렀다. 튜브를 테처럼 두르고 토성처럼 웅대한 모습을 한 채, 몇 시간이고 물에 들어가 있었다. 강제로 끌어내야 할 정도였다.

"바다!"

이게 일곱번째 단어였다.

나는 금세 튜브를 쓰지 않는 방법을 터득했다. 팔다리를 내젓기만 하면 개헤엄과 비슷한 모양이 되었다. 피곤한 동작이었기 때문에, 나는 발이 닿는 곳에서 더 이상 앞으로 나가지 않았다.

어느 날, 기적이 일어났다. 바다에 들어가서 한국을 향해 앞으로 곧장 걷기 시작했는데, 바닥이 더 이상 낮아지지 않는 것이다. 나를 위해 저절로 바닥이 높아진 것이다. 예수는 바다 위를 걸었다. 그런데 나는, 나는 바다 밑이 솟아오르게 만든 것이다. 사람마다 만들어내는 기적이 다른 법. 나는 흥분해서, 고개를 물 밖으로 내놓고 대륙까지 걸어가 보겠다는 결심을 했다.

나는 너무도 사근사근한 바다 밑의 보드라운 양탄자를 밟으며 미지의 것을 향해 돌진했다. 걷고 또 걸었다. 이런 능력이 있다니 정말 대단한 일이라고 생각하면서 성큼성큼 일본에서 멀어져 갔다.

나는 걷고 또 걸었디. 그러다 갑자기 넘어졌다. 그때까지 나를 떠받쳐주던 모래톱이 내려앉아 있었던 것이다. 발이 땅에 닿지 않았다. 물이 나를 삼켜버렸다. 나는 다시 수면으로 올라가려고 팔다리를 내저어 보았다. 그런데 머리가 떠오르면 번번이 파도가 밀려와 나를 다시 물 속으로 밀어 넣어버리고 말았다. 마치 나한테서 자백을 받아내기 위해 고문하는 사람처럼 말이다.

나는 물에 빠져 죽어가고 있다는 것을 알았다. 눈이 물 밖으로 나오면 해변이 보였다. 그렇게 멀어 보일 수가 없었다. 낮잠을 자고 있는 부모님과, 목숨을 구해주면 상대방이 부담스러울 만큼 감사한 마음을 갖게 되기 때문에, 누구든 절대로 목숨은 구해주지 않는다는 일본의 오랜 전통에 충실한 나머지, 가만히 서서 나를 구경하고 있는 사람들의 모습이 보였다.

이렇게 내 죽음을 지켜보는 관중들을 보는 게 내가 죽는다는 사실 자체보다 훨씬 소름끼쳤다.

나는 고함을 질렀다.

"다쓰께떼!"

소용이 없었다.

나는 그제서야 쑥스럽다고 불어를 쓰지 않을 때가 아니라는 생각을 하고, 방금 전에 외쳤던 소리를 번역해서 떠나갈 듯이 외쳤다.

"살려줘!"

물이 나한테서 이 자백을 받아내려 했는지도 모른다. 우리 부모님이 하는 말을 나도 할 수 있다는 자백 말이다. 안타깝게도, 부모님은 내가 소리를 질러도 듣지 못했다. 일본인 구경꾼들은 우리 부모님에게도 알려주지 않을 만큼 철저히 불개입 원칙을 지켰다. 그리고 나는, 내가 죽는 모습을 쳐다보고 있는 구경꾼들의 모습을 유심히 쳐다보았다.

이내, 나는 사지를 움직일 힘도 없었다. 가라앉았다. 내 몸은 파도 속으로 미끄러져 들어갔다. 나는 이때가 내 생의 마지막 순간이라는 것을 알고 있었기 때문에, 놓치고 싶지 않았다. 나는 눈을 뜨려고 애를 썼다. 눈앞에 황홀한 광경이 펼쳐졌다. 햇살은 바다 밑 깊숙한 곳에서 볼 때가 가장 아름다웠다. 파도가 치자 물결이 반짝이며 퍼져나갔다.

덕분에 나는 죽음에 대한 두려움도 잊었다. 거기서 몇 시간은 있었던 것 같다.

누군가의 팔이 나를 끌어내더니 공기중으로 다시 올려 놓았다. 나는 숨을 크게 한 번 쉬고 나서 누가 나를 구했는지 쳐다보았다. 엄마였다. 울고 있었다. 엄마는 나를 배에 바싹 붙여 안고 다시 해변으로 데려갔다.

엄마가 나를 수건으로 싸고 등과 가슴을 마구 문질렀다. 나는 물을 많이 토했다. 그러고 나자, 눈에 눈물이 그렁그렁한 엄마가 나를 안고 둥개둥개 어르면서 말했다.

"위고가 널 구했어. 앙드레, 줄리엣이랑 놀다가 네 머리가 물 속으로 가라앉는 순간을 우연히 목격하게 된 거야. 나한테 와서 무슨 일이 생겼는지 알려주면서 네가 있는 곳을 가리키더구나. 위고가 없었다면 넌 죽었을 거야!'

나는 유라시아 혼혈 꼬마를 쳐다보고 나서 장엄하게 말했다.

"고마워, 위고, 착하구나."

경악한 사람들, 입이 얼어붙음.

"애가 말을 하네! 무슨 황후처럼 말을 하고 있잖아!'

조금 전 일을 생각하며 몸서리를 치던 아버지가 순식간에 웃음을 터뜨리며 뛸듯이 좋아했다.

"말을 한 지 한참 됐어."

나는 어깨를 으쓱하며 말했다.

내가 자백을 하고 말았으니, 물은 목표를 달성한 셈이었다.

모래 위에서 언니 옆에 길게 누운 채, 죽지 않아서 행복한지 생각해 보았다. 나는 수학 방정식처럼 위고를 쳐다보았다. 위고가 없으면 나도 없지. 내가 없으면, 나는 좋았을까? 나는 논리적으로 생각했다. '좋은지 어쩐지 알 수 있는 나도 없었겠지.' 그래, 나는 죽지 않아서, 죽지 않은 게 좋다는 걸 알 수 있다는 사실이 행복했다.

내 옆에는 예쁜 줄리엣. 내 위에는 멋진 구름. 내 앞에는 장관을 이룬 바다. 내 뒤에는 끝없이 펼쳐진 해변. 세상은 아름다웠다. 살 만한 가치가 있는 것이다.

나는 슈쿠가와에 돌아오고 나서 수영을 배우기로 결심했다. 집에서 멀지 않은 산에 조그만 푸른 호수가 있었는데, 나는 이 호수에 '조그만 푸른 호수'라는 이름을 붙였다. 그 호수는 액체의 낙원이었다. 지천으로 핀 진달래에 파묻힌 호수는 훈훈하고 매혹적이었다.

니쇼상은 조그만 푸른 호수로 아침마다 나를 데리고 갔

다. 나는 혼자서 물고기처럼 헤엄치는 방법을 터득했다. 머리는 항상 물 속에 집어넣은 채, 물에 빠졌을 때 알게 된 신비한 수중 세계를 보며 헤엄쳤다.

머리가 물 밖으로 나오면, 주변에 치솟은 무성한 산림이 눈에 보였다. 나는, 원을 그리며 끊임없이 번져나가는 눈부신 아름다움의 정중앙에 있었다.

죽을 뻔한 고비를 넘기고도 속으로만 간직하고 있던 신이라는 신념은 흔들리지 않았다. 신들이라고 해서 왜 죽으면 안 되는 것인가? 불멸성(不滅性)이 있다고 신이 되나? 시들어버린다고 작약의 숭고함이 반감되나?

나는 니쇼상에게 예수가 누구냐고 물었다. 니쇼상은 잘 모른다고 대답했다.

"신이라는 건 알아. 머리는 길었고."

그녀가 되는 대로 말했다.

"니쇼상은 예수를 믿어?"

"아니."

"나는 믿어?"

"응."

"나도, 머리가 길잖아."

"그래. 그리고 너는, 내가 알잖아."

니쇼상은 좋은 사람이었다. 그럴듯한 이유를 댔다.

오빠와 언니, 위고는 로코산 부근에 있는 미국 학교에 다녔다. 앙드레 오빠의 교과서 중에는 『내 친구 예수(My friend Jesus)』라는 책이 있었다. 나는 아직 글을 읽지는 못했다. 하지만 그림이 있었다. 책의 끝부분쯤에, 많은 사람들이 지켜보는 가운데 십자가를 지고 있는 주인공의 모습이 나왔다. 이 장면에서는 숨이 멎었다. 나는 왜 예수를 십자가에 붙들어 맸는지 위고에게 물어보았다.

"예수를 죽이려는 거야."

위고가 대답했다.

"십자가에 있으면, 사람이 죽어?"

"응. 나무에 못으로 박혀 있으니까. 못 때문에 예수가 죽어."

그럴듯한 설명인 것 같았다. 설명을 듣고 나니 그림이 한결 더 멋있었다. 그러니까, 예수는 군중 앞에서 죽어가고 있었다. 아무도 구하러 오는 사람도 없고! 불현듯 떠오르는 일이 있었다.

나도 그런 상황에 처한 적이 있었다. 나를 쳐다보는 사람들을 바라보며 죽어가던 때가 있었다. 누가 와서 예수한테 박혀 있던 못을 빼주었으면 목숨을 구할 수 있었을 것이다. 누가 와서 나를 물 밖으로 데리고 나오거나, 우리 부모님에게 알려주기만 해도 되었을 것이다. 내 경우나 예수의 경우나, 관중들은 끼여들고 싶어하지 않았다.

예수가 살던 나라의 사람들한테도 일본인들과 똑같은 원칙이 있었던 게 분명하다. 목숨을 구해주면 상대방에게 지나치게 감사의 마음을 느끼게 만들어, 결과적으로 상대방을 속박하는 것이다. 따라서 상대방의 자유를 빼앗느니 차라리 죽게 내버려두는 게 낫다는 원칙 말이다.

나는 이 이론을 반박할 생각은 없었다. 다만 소극적인 대중 앞에서 자신이 죽어가고 있다는 사실을 느낄 때 아주 끔찍하다는 것만은 알고 있었다. 죽음의 순간 예수에게 일었던 분노를 이해할 수 있다고 확신했기 때문에, 깊은 동지애를 느꼈다.

나는 이 얘기에 대해 좀더 자세히 알고 싶었다. 직사각형 책장을 넘기는 행위 속에 진실이 들어 있는 것 같아서,

나는 글을 배우기로 결심했다. 내가 이런 결심을 밝히자 사람들은 코웃음을 쳤다.

사람들이 내 진심을 몰라줬기 때문에, 나는 혼자 글을 깨우치기 시작했다. 말하기, 걷기, 수영하기, 군림하기, 팽이 돌리기 같은 훨씬 대단한 것들도 혼자 터득한 경험이 있는 나였다.

그림이 있는 『땡땡(TinTin)』부터 읽기 시작하는 게 합리적인 것 같았다. 나는 손에 집히는 대로 한 권을 고른 뒤 바닥에 앉아 책장을 넘겼다. 무슨 일이 일어났는지는 설명할 수 없을 것이다. 그런데, 소시지가 만들어지는 밸브를 통해 공장으로 들어갔던 암소가 다시 나오는 순간, 내가 글을 읽을 줄 안다는 사실을 깨달았다.

나는 이런 경이로운 일을 애써 다른 사람에게 밝히지 않았다. 내가 글을 배우고 싶다고 했더니, 배꼽이 웃을 일이라고 한 사람들이 아닌가. 4월은 벗나무에 꽃이 피는 달이다. 동네에서는 저녁미다 사케(역자주 : 술)를 마시며 개화(開花)를 축하했다. 니쇼상이 나에게도 사케를 한 잔 줬다. 나는 주체할 수 없는 쾌락으로 소리를 질렀다.

나는 긴긴 밤 동안, 베개에 올라서서, 철제 접이식 침대의 세로대에 매달린 채, 엄마, 아버지를 뚫어지게 쳐다보았다. 마치 두 사람에 대한 동물학 연구 논문이라도 쓸 생각인 것처럼 말이다. 부모님은 갈수록 내 시선을 거북하게 느꼈다. 내가 얼마나 진지하게 쳐다봤는지, 두 분이 겁을 먹고 잠을 설칠 정도였다. 부모님은 더 이상 나를 한방에서 데리고 잘 수 없다는 사실을 깨달았다.

내 거처가 다락방 비슷한 곳으로 옮겨졌다. 나는 뛸듯이 기뻤다. 다락방의 천장은 생소했기 때문에 관찰거리도 생겼다. 2년 반 동안 속속들이 관찰한 균열들보다 다락방 천장의 균열에서 순식간에, 훨씬 더 생동감을 느꼈다. 온갖 잡동사니들 — 상자, 헌옷, 바람 빠진 비닐 풀, 썩은 라켓 말고도 진귀한 물건들이 많았다 ― 도 있어 눈요기가 되었다.

나는 종이 상자들의 내용물을 상상하며 황홀한 불면의 시간을 보냈다. 이렇게 꼭꼭 싸놓은 걸 보면 대단한 물건들이 들어 있는 게 분명했다. 너무 높이 있었기 때문에 침대에서 내려와 들여다보러 갈 수도 없는 상황이었다.

4월 말, 내 존재를 뒤흔들어 놓은 새롭고 멋진 일이 벌어졌다. 글쎄, 내 방 창문을 밤에 열어놓았다. 창문을 열어놓고 잤던 기억은 없었다. 경이로운 일이었다. 나는, 잠든 세상에서 사붓사붓 새나오는 야릇한 소리에 귀를 기울이고, 그 수수께끼 같은 소리를 해석하고, 의미를 부여했다. 내 침대는 망사르드식 다락방 창문 밑에 벽을 따라 놓여 있었다. 바람이 불어 커튼이 젖혀지면 홍보랏빛 하늘이 눈에 들어왔다. 그 색깔을 보면 숨이 멎었다. 밤이 까맣지 않다는 사실을 알고 나니 마음에 위로가 되었다.

내가 좋아하던 소리가 있었다. 내가 요루코, '밤의 목소리'라는 이름을 붙인 정체불명의 개가 멀리서 애끓게 짖어대는 소리였다. 낑낑거리는 개소리가 동네 사람들 마음에는 들지 않았지만, 나에게는 우수에 찬 노래처럼 매혹

적인 소리였다. 나는 그토록 지독한 절망의 이유를 알고
싶었다.

밤 공기의 보드라움이 창문으로 흘러 들어와 곧바로 내
침대에 쏟아졌다. 나는 그 보드라움을 마시고, 보드라움에
취했다. 이렇게 산소가 넘친다는 사실만으로도, 우주는 나
의 경배를 받을 만했다.

이 화려한 불면의 시간 동안 내 청각과 후각은 최대한
발휘되고 있었다. 그러니 시각을 활용해 보고 싶은 유혹이
더 커질 수밖에 없었다. 내 위에 있는 둥근 창은 도발 그
자체였다.

하룻밤은, 도저히 유혹을 뿌리칠 수가 없었다. 나는 침
대의 세로대를 타고 벽을 따라 올라갔다. 손을 최대한 높
이 뻗었더니 창문의 아래쪽 가장자리가 손에 잡혔다. 이런
위업에 우쭐한 나머지, 나는 유약한 몸뚱이를 문턱까지 치
켜올리고 말았다. 배와 팔꿈치로 힘을 주고 올라오니 드디
어 밤 풍경이 눈에 보였다. 나는 어두컴컴한 큰 산들, 이웃
에 있는 집들의 무겁고 기풍 넘치는 지붕들, 벚꽃이 뿜어
내는 인광(燐光), 깜깜한 길의 신비를 마주하면서 그 경이
로움에 몸을 떨었다.

나는 몸을 내밀어 니쇼상이 빨래를 널던 곳을 보고 싶었다. 그러다 결국 올 것이 오고야 말았다. 떨어진 것이다.

기적이 벌어졌다. 내가 반사적으로 다리를 벌리는 바람에 두 발이 창문 아래쪽 귀퉁이에 걸리게 된 것이다. 장딴지와 넓적다리는 지붕의 가붓한 가장자리에 길게 눕고, 엉덩이는 빗물받이 홈통에 올라앉고, 상체와 머리는 허공에 대롱대롱 매달려 있었다.

처음에 느꼈던 두려움이 사라지자 새로 생긴 관측소가 도리어 편안하게 느껴졌다. 나는 집 뒤쪽을 아주 관심 있게 바라보았다. 좌우로 몸을 흔들고 내가 뱉는 침의 탄도를 연구하며 놀았다.

아침에 엄마가 방에 들어왔다. 엄마는 기겁을 하면서 소리를 질렀다. 텅 빈 침대 위쪽으로, 커튼이 걷힌 창문과 창문 양쪽으로 걸린 내 두 발이 보였던 것이다. 엄마는 장딴지를 잡고 나를 들어올려 다시 안으로 데리고 왔다. 그러고 나서는 볼기를 흠씬 팼다.

"얘를 더 이상 혼자 재울 수는 없어. 너무 위험해."

다락방은 오빠 방으로 주고, 이제부터 내가 오빠 대신 언니와 방을 같이 쓰게 된다는 결정이 내려졌다. 방을 옮기면서 내 생활은 급작스러운 변화를 겪었다. 줄리엣 언니와 자면서부터 언니에 대한 애정에 불이 붙었다. 나는 이후 15년 동안 언니와 같은 방을 썼다.

이때부터, 잠이 안 올 때는 언니를 들여다보았다. 언니의 요람을 지키던 요정들이 언니에게 잠을 자는 우아함, 아니 우아함 자체를 선사한 것 같았다. 언니는 내가 아무리 뚫어지게 쳐다봐도 전혀 개의치 않고, 감탄이 나올 만큼 평온하게 잠이 들었다. 나는 언니가 내쉬는 숨결과 한숨의 리듬과 가락을 외우게 되었다. 다른 사람의 휴식을 이렇게 잘 아는 사람은 없다.

20년이 지난 후, 나는 아라공의 시를 읽으면서 전율을 느꼈다.

Je suis rentré dans la maison comme un voleur

Déjà tu partageais le lourd repos des fleurs

J' ai retiré mes vêtements tombés à terre

J′ai dit pour un moment à mon coeur de se taire

Je ne me voyais plus j′avais perdu mon âge

Nu dans ce monde noir sans regard sans image

Dépouillé de moi-même allégé de mes jours

N′ayant plus souvenir que de toi mon amour

au fond de la nuit

Mon secret frémissait qu′aveuglement je touche

Mémoire de mes mains mémoire de ma bouche

Long parfum retrouvé de cette vie ensemble

Et comme aux premiers temps qu′à respirer je tremble

Te voilà ma jacinthe entre mes bras captive

Qui bouge doucement dans le lit quand j′arrive

Comme si tu faisais dans ton rêve ma place

Dans ce paysage où Dieu sait ce qui se passe

au fond de la nuit

Où c′est par passe-droit qu′à tes côté je veille

Et j′ai peur de tomber de toi dans le sommeil

Comme la preuve d′être embrumant le miroir

Si fragile bonheur qu′à peine on y peut croire

J´ ai peur de ton silence et pourtant tu respires

Contre moi je te tiens imaginaire empire

Je suis auprés de toi le guetteur qui se trouble

A chaque pas qu´ il fait de l´ écho qui le double

au fond de la nuit

Je suis auprès de toi le guetteur sur les murs

Qui souffre d´ une feuille et se meurt d´ un murmure

au fond de la nuit

Je vis pour cette plainte à l´ heure ou tu reposes

Je vis pour cette crainte en moi de toute chose

au fond de la nuit

Va dire ô mon gazel à ceux du jour futur

Qu´ ici le nom d´ Elsa seul est ma signature

au fond de la nuit

나는 도둑처럼 집에 들어왔다
너는 벌써 꽃들과 함께 깊은 휴식에 들어가 있었다.
[……]
나는 너의 침묵이 두려운데, 너는 숨을 쉬고 있다

상상의 제국인 너를 나는 붙잡아두고 있다
나는 네 곁에서 불안에 떠는 파수꾼이다
걸음마다 메아리를 만들어 발자국 소리는 두 배로 울려
퍼진다
한밤중에
나는 네 곁에서 집을 지키는 파수꾼이다
한밤중에
잎새 한 잎에 괴로워하고 속삭임 한 마디에 고통스럽다
나는 네가 쉬는 시간에 들리는 이 탄식을 위해 산다
나는 모든 것을 향한 내 안의 이 두려움을 위해 산다
한밤중에
오 나의 숫영양, 내일을 사는 자들에게 말해라
여기 엘자의 이름이 유일하게 나를 규정하는 것이라고
한밤중에.

엘지를 줄리엣으로 바꿔놓기만 하면 되었다.
줄리엣은 우리 둘을 위해 잠을 잤다. 아침에, 나는 언니
의 잠으로 휴식을 취한 뒤, 상쾌하고 가뿐하게 잠에서 깼
다.

5월이 순조롭게 시작되고 있었다.

조그만 푸른 호수 근처에는 진달래꽃이 흐드러지게 피었다. 불씨 하나가 초가삼간 다 태우듯이, 산 전체가 진달래꽃으로 물들었다. 나는 이때부터 진분홍색 가운데서 수영을 하게 되었다.

밤 기온도 20℃ 밑으로 떨어지지 않았다. 에덴이었다. 5월은 참 멋진 달이라고 생각하려던 차에 불미스러운 사건이 터지고 말았다. 부모님이 정원에 장대를 하나 세웠다. 장대 끄트머리에는 빨간 종이로 만든 큰 물고기가 깃발처럼 바람에 펄럭이고 있었다.

그게 뭐냐고 물었더니, 사내아이들의 달인 5월을 기리기 위해 잉어를 매달아놓은 것이라고 했다. 도무지 무슨 연관성이 있는지 모르겠다고 했더니, 잉어가 사내아이들의 상징이며, 남자애가 있는 집에서는 이런 물고기 초상을 게양한다고 했다.

"그럼 여자애들의 달은 언제야?"

내가 물었다.

"없어."

말문이 막혔다. 이렇게 기절초풍할 만큼 공정하지 못한 일이 어디 있나!

오빠와 위고가 교활한 표정으로 나를 쳐다보았다.

"남자애한테는 왜 잉어인데?"

내가 또 물었다.

"왜 아기들은 항상 '왜'냐고 묻는 거야?"

반격이 날아왔다.

화가 나서 자리를 뜨면서도 나는 내 질문에 타당성이 있다고 확신했다.

물론, 성별 구분이 있다는 것은 이미 알고 있었지만, 이것 때문에 혼란스러운 적은 한 번도 없었다. 세상에는 다른 게 많지 않은가. 일본 사람과 벨기에 사람 — 스스로 일본인이라고 생각하고 있던 나만 빼놓고 백인은 모두 벨기에 사람이라고 믿었다 — 이 다르고, 키가 작은 사람이 있으면 큰 사람도 있고, 착한 사람이 있으면 나쁜 사람도 있다. 이밖에도 많았다. 나에게는 여자, 남자라는 구분도 여러 대립항 가운데 하나일 뿐이었다. 난생 처음으로, 여기에 어떤 요란뻑적지근한 문제가 있을지 모른다는 생각을 했다.

나는 정원, 장대 밑에 자리를 잡고 잉어를 관찰하기 시작했다. 잉어의 어떤 점 때문에 나보다 오빠가 더 연상되는 것일까? 아니, 남성성(男性性)이 뭐가 그리 대단해서 깃발과 달 — 그것도 부드러움과 진달래의 달을 말이야 —까지 헌상한단 말인가? 여성성(女性性)에는 깃발은 고사하고 단 하루도 봉헌하지 않으면서 말이야!

내가 장대를 한 대 걷어찼지만 아무 반응이 없었다.

나는 더 이상 5월을 좋아한다는 확신이 없었다. 게다가 벚꽃도 지고 난 뒤였다. 마치 가을 같은 봄이었다. 싱그러움은 한 번 스러지면 끝이었다. 조금 떨어진 수풀에서 새로운 모습으로 다시 태어나는 적이 없었다.

5월은 정말 사내아이들의 달이 될 만했다. 쇠락의 달이었으니 말이다.

진짜 코끼리를 보여달라고 했을 황제처럼, 나는 진짜 잉어를 보여달라고 했다. 일본에서는, 더군다나 5월에는, 잉어 구경은 식은 죽 먹기였다. 피하기 힘든 광경이었다. 공원에, 물이 있는 곳이면 어김없이 잉어가 있었다. 코이 (역자주 : 잉어)는 먹으라고 — 더구나 코이로 사시미를 하면 아주 끔찍할 것이다 — 있는 게 아니라 관찰하고 찬미하는 대상이다. 공원에 가서 잉어를 구경하는 것은 콘서트에 가는 것과 똑같이 문화적인 행동이다.

니쇼상이 나를 후따타비 수목원에 데리고 갔다. 삼나무의 눈부신 수려함에 겁을 먹고, 그 나이 — 나는 두 살 반인데 삼나무는 250살이었다. 문자 그대로 나보다 100배나 늙은 것이다 — 에 섬뜩한 기분을 느끼며, 나는 어정버정 돌아다녔다.

후따타비는 식물의 성전이었다 나처럼 아름다움에 둘러싸여 사는 사람도 잘 정렬된 자연의 수려한 자태 앞에서는 넋이 나갈 수밖에 없었다. 나무들이 자신들의 위세를 의식하고 있는 듯 보였다.

우리는 연못에 도착했다. 우글우글 모여 있는 여러 색깔이 눈에 들어왔다. 연못 반대편에 승려 한 명이 와서 작은 부스러기를 던져주는 모습이 보였다. 잉어가 부스러기를 잡기 위해 뛰어오르고 있었다. 강청색에서부터 흰색, 검은색, 은색, 금색, 오렌지색에 이르는 무지개 빛깔로 솟구쳐 올랐다.

눈을 가늘게 뜨고 있으면 빛에 반짝이는 색 배합만 보여 감탄이 절로 나왔다. 하지만 눈을 크게 뜨면 양어장의 디바 물고기, 영양과다 상태인 여사제 잉어들의 두툼한 실루엣을 그냥 지나칠 수가 없었다.

사실, 잉어들의 모습은 말 못하는 뚱뚱한 카스타피오르 (역자주 : 만화 『땡땡』에서 소프라노 성악가로 등장하는 인물)에 빛나는 시드 드레스를 입혀놓은 것과 똑같았다. 형형색색의 옷들 때문에 똥자루같이 생긴 우스꽝스러운 몸매가 더 돋보인다. 울긋불긋, 얼룩덜룩한 문신 때문에 뚱땡이들의 비곗살이 두드러져 보이는 것처럼 말이다. 이 잉어들보다 더 튑상스러운 것은 없다. 나는 잉어가 사내아이들의 상징이라는 사실이 싫지 않았다.

"잉어는 백년도 더 살아."

니쇼상이 경외감이 담긴 목소리로 나에게 말했다.

나는, 이게 대단히 자랑할 만한 거리가 된다는 확신이 별로 없었다. 장수(長壽) 자체가 목표는 아니지 않은가. 삼나무의 경우에는, 아주 오래 사는 것이, 빼어난 기품에 어울리는 일이다. 확실하게 군림할 수 있는, 힘과 인내의 결정체로서 마땅히 받아야 하는 찬미와 경외심을 불러일으킬 시간이 생기기 때문이다.

잉어의 경우에는, 백수를 누린다는 것이, 끈적끈적한 시간이 흐르는 동안 뒹굴뒹굴하는 것, 고인 물 속의 축 늘어진 살덩이에 곰팡이가 스는 것이다. 싱싱한 비계보다 훨씬 구역질나는 게 찌들대로 찌든 비계다.

나는 속으로만 그런 생각을 했다. 니쇼상과 집으로 돌아왔다. 니쇼상이 가족들에게 내가 잉어를 아주 좋아하더라고 자신 있게 말했다. 내 생각을 가족들에게 설명할 생각을 하니 피곤해져서, 나는 아니라고 말하지 않았다.

앙드레와 위고, 줄리엣, 나는 같이 목욕을 했다. 비실비실한 두 악동 녀석은 잉어와 닮은 데는 하나도 없었지만,

보기 흉하기는 흉했다. 어쩌면, 흉측한 구석이 있는 게 원래 이 상징체계의 공통점일 수도 있다. 여자애들한테는 혐오스러운 동물을 상징의 표시로 쓸 수 없었을 것이다.

나는 엄마에게 세계적으로 유명한 고베 수직관 ― 이상하게 수족관이라는 발음이 되지 않았다 ― 에 데려가 달라고 했다. 부모님은 어류학에 대한 나의 이런 비상한 관심을 보고 놀랐다.

나는 다른 물고기도 다 잉어처럼 흉하게 생겼는지 보고 싶었을 따름인데 말이다. 나는 거대한 유리 수족관들 속에 있는 동물상(動物相)을 한참 동안 관찰했다. 너무나 매력적이고 사랑스러운 물고기들도 눈에 띄었다. 마치 추상 미술처럼 환상적인 모습을 하고 있는 물고기도 있었다. 예술가라면 천상의 우아함이 이렇게 많이, 지상에서도 구현될 수 있는 것을 보고 매우 기뻐했을 것이다.

나는 물고기들 중에서 가장, 그리고 유일하게 볼품없는 것이 잉어라는 결론을 내리며 쐐기를 박았다. 나는 속으로 코웃음을 쳤다. 엄마는 환희에 찬 내 모습을 봤다. "우리 꼬마는 해저생물학을 할 거야." 엄마가 통찰력 있게 내린 결정이었다.

일본인들이 흉한 성(性)을 상징하는 동물로 잉어를 택한 것은 옳은 일이다.

난 아빠를 좋아했고, 어찌 됐든 내 생명의 은인인 위고는 너그럽게 봐줬다. 하지만 오빠는 최악의 공해였다. 오빠는 오로지 나를 괴롭히기 위해 존재하는 것 같았다. 나를 괴롭히는 게 너무 재미있어서 그 자체가 오빠의 목표가 되었다. 내가 오빠 때문에 몇 시간 동안 펄쩍펄쩍 뛰면, 오빠의 하루는 성공한 것이다. 오빠들은 누구나 다 그런 것 같다. 어쩌면, 오빠라는 인간들을 멸종시킬 필요가 있는지도 모르겠다.

6월이 되면서 더워졌다. 나는 이때부터 아예 정원에서 살았다. 잠을 자러 갈 때만 마지못해 정원을 떠났다. 6월 첫날부터 장대와 물고기 모양의 깃발은 치워버리고 없었다. 이제 사내아이들에게 경의를 표하지 않는다는 뜻이다. 마치 내가 싫어하던 누군가의 동상이 철거된 기분이었다. 하늘에는 이제 잉어가 없었다. 6월이 단박에 정겹게 느껴졌다.

이제 야외 공연이 가능할 정도의 기온이 되었다. 우리 가족 모두가 초대를 받아 아버지가 노래하는 모습을 보러 가게 되었다고 했다.

"아빠가 노래해?"

"노(能)(역자주 : 일본의 전통적인 연극 형식)에 출연해."

"그게 뭐야?"

"보면 알아."

나는 아버지의 노래를 한 번도 들어본 적이 없었다. 혼자 틀어박혀 연습을 하거나 학교에 가서 노를 가르치는 스승과 함께 했기 때문이다.

나는, 20년이 지나고 나서, 오페라 가수 기질이라곤 손톱만큼도 없던 아버지가 어떤 운명의 장난으로 노 가수가 되었는지 알게 되었다. 아버지는 1967년, 벨기에 영사 자격으로, 첫 아시아 임지인 오사카에 발을 디뎠다. 30세의 이 젊은 외교관은 단박에 일본과 서로 사랑에 빠졌다. 이때부터 아버지는 평생 동안 변함없이 일본을 사랑했다.

아버지는 초심자다운 열성을 보이며, 일본 제국의 경이로운 점은 하나도 빠짐없이 경험하길 원했다. 일본어를 못하던 때였기 때문에, 아버지는 가는 곳마다 똑똑한 일본인 여자 통역관을 데리고 다녔다. 통역관은 아버지를 위해 가이드 노릇도 하고, 다양한 일본 문화도 접하게 해주었다. 통역관은, 아버지가 아주 개방적인 사람이라는 것을 알고, 아주 난해한, 일본 전통 문화의 보배 중 하나인 노를 보여줘야겠다고 생각했다. 그때만 해도, 가부키에 대해서는 좋은 인상을 가지고 있던 서양인들이 노에 대해서는 폐쇄적이었다.

이렇게 해서 통역관은 아버지를 간사이에 위치한 유서 깊은 노 학교로 데리고 갔다. 인간문화재 같은 분이 운영하는 학교였다. 아버지는 천 년 전으로 돌아간 듯한 인상을 받았다. 노를 듣자 이런 기분은 더 심해졌다. 처음에는 머나먼 시간 속에서 꾸륵꾸륵 하는 소리가 들리는 것이라고 생각했다. 박물관에 재현해 놓은 선사시대의 모습을 볼 때처럼, 기분 좋은 곤혹을 느꼈다.

조금씩, 정반대라는 사실을 깨닫게 되었다. 지금 귀에 들리는 소리가 정교함의 결정체이며, 이보다 더 세련되고 문화성이 뛰어날 수는 없다는 것을 알게 되었다. 하지만, 차마 아름답다는 얘기까지는 입에서 나오지 않았다.

이런 이상야릇한 데시벨들 때문에 섬뜩해지면서도, 아버지는 진정한 외교관으로서 갖추어야 할 상냥하고 기쁜 표정은 잃지 않았다. 여지없이 몇 시간 동안 이어지던 가락이 멈추었을 때, 아버지는 지루했다는 기색 하나 비치지 않았다.

이 사이, 아버지의 존재로 학교 전체가 뒤숭숭해졌다.

112

연로한 노의 대가가 몸소 아버지를 찾아 이렇게 말했다.

"선생, 이곳에 외국인이 들어온 것은 처음이오. 선생이 노래를 어떻게 들었는지, 좀 물어봐도 되겠소?"

통역관이 충실히 역할을 수행했다.

아는 게 없어 난감해진 아버지는 전통 문화의 중요성과 일본의 풍부한 문화유산에 대해 입에 발린 상투적인 얘기를 꺼내고, 가만히 듣고 있으면 한결같이 애처로운 생각이 들 정도로 멍청한 의견들을 개진했다.

질겁한 통역관은 아버지한테서 나온 바보 같은 대답을 그대로 전하지 않기로 결심했다. 교양 있는 일본 통역관은 아버지 의견이 아닌 자기 의견을, 엄선한 단어로 표현했다.

그녀가 '통역'을 하면 할수록 노(老)대가는 점점 눈을 똥그랗게 떴다. 이럴 수가! 일본에 막 도착한, 생전 처음 노를 들어본 얼뜨기 백인이 벌써 이 위대한 예술의 정수와 미묘함을 꿰뚫었다니!

그는 엄숙하게 우리 아버지의 손을 잡고 ─ 일본인이 했다고는, 더군다나 인간문화재가 했다고는 믿을 수 없는 행동이었다 ─ 이렇게 말했다.

"선생, 당신은 마술사요! 비범한 인물이야! 내 제자가 되어야 하오!"

우리 아버지는 훌륭한 외교관답게, 통역관을 통해 즉시 이렇게 대답했다.

"제가 진심으로 바라던 바입니다."

아버지는 이런 정중한 태도가 어떤 결과를 낳을지 즉시 가늠하지 못했다. 인사치레로 하는 말일 뿐이라고 생각한 것이다. 하지만 노(老)스승은 아버지의 대답이 나오기 무섭게, 이틀 후, 아침 7시에 첫 수업을 받으러 오라고 명령했다.

정신이 멀쩡한 사람이라면 무슨 수를 써서라도 다음날 비서를 통해 전화를 넣고 약속을 취소했을 것이다. 하지만 우리 아버지는, 이틀 후, 새벽에 일어나 정해진 시간에 스승을 찾아갔다. 이런 모습을 보고도 스승님은 전혀 놀라는 기색이 없었다. 아버지같이 훌륭한 사람은 혹독한 대접이 어울린다고 생각하면서, 조금도 너그러운 모습을 보이지 않고 매섭게 교육했다.

수업이 끝나자 불쌍한 우리 아버지는 기진맥진했다.

"아주 좋아요."

노(老)스승의 평가였다.

"내일 아침 같은 시간에 다시 오시오."

"저…… 실은 제가 영사관에서 아침 여덟시 삼십분에 일을 시작해서……"

"전혀 문제 될 게 없소. 그럼 아침 다섯시에 오도록 하시오."

제자는, 맥이 탁 풀려 스승이 시키는 대로 했다. 아침 7시부터 ― 이것도 너무 게으름을 피우는 것이다 ― 수업을 시작해도 되는 주말을 빼고는, 매일 아침 같은 시간에 학교에 갔다. 다른 데 눈을 돌릴 여유가 없는 직업이 따로 있는 사람에게는 비인간적인 시간이었다.

스승이 애써 전수하려 하는 일본 문화의 진수 앞에서 벨기에 제자는 잔뜩 주눅이 들었다. 일본에 오기 전만 해도 축구와 사이클을 좋아하던 아버지는, 어쩌다 사나운 운수를 만나 이렇게 난해한 예술의 제단에 삶을 바치는 처지가 되었을까 생각했다. 삶의 쾌락을 추구하는 사람에게 장세니즘(역자주 : 종교 이론의 하나. 인간의 자유의지를 거부하고 신의 예정설을 채택했다. 철저한 숙명론에 바탕을 둔 엄격주의.)이 어울리지 않고, 폭식을 하는 사람에게 금욕이 어울리지 않는 것처럼, 아버지에게는 어울리지 않는 일이었다.

아버지가 잘못 생각하고 있었다. 사실은 스승의 생각이 절대적으로 옳았던 것이다.

스승은, 오래지 않아, 외국인 제자의 널찍한 가슴 밑바닥에서 뛰어난 목소리를 끌어냈다.

"선생은 훌륭한 가수요."

스승은 일본어를 배운 아버지에게 말했다.

"그래서 앞으로 교습 내용을 보완하고, 춤도 가르칠 생각이오."

"춤이라고요? 스승님, 절 좀 보십시오!'

벨기에 제자가 굼뜨게 움직이는 자신의 두루뭉실한 몸매를 가리키며 우물우물 말했다.

"내가 보기엔 문제가 없소. 춤 교습은 내일 아침, 다섯시에 시작합시다."

다음날, 수업이 끝나자, 이번에는 스승이 할 말을 잃고 말았다. 세 시간 동안, 인내심을 발휘하면서 지켜보았지만, 우리 아버지한테서는 한심할 만큼 어눌하고 투박한 동작밖에 나오지 않았다.

기분이 가라앉은 인간문화재가 정중하게 이런 결론을

내렸다.

"선생은 예외로 합시다. 선생은 노(能) 가수라도 춤은 추지 않을 것이오."

나중에, 노의 대가는 부채춤을 배우던 벨기에인의 모습을 잊지 않고 합창단원들에게 전해주었다. 얘기를 하면서, 그는 자지러질 듯이 웃었다.

우리 가련한 춤꾼은, 신의 경지에까지는 이르지 못해도, 쓸만한 예술가가 되었다. 외국인으로서는 유일하게 이런 재능을 보유하고 있었기 때문에, '파란 눈의 노(能) 가수'라는 이름표를 늘 달고 다니며, 일본에서 유명 인사가 되었다.

아버지는 오사카 영사관에 근무하던 5년 동안 하루도 빠짐 없이, 새벽마다 존경하는 스승님을 찾아가 세 시간 동안 수업을 받았다. 두 사람은, 일본의 제자와 센세이(역자주 : 선생)를 잇는 멋진 우정과 숭배의 관계로 맺어졌다.

두 살 반이던 나는, 이 얘기를 전혀 몰랐다. 아버지의 하루 일과에 대해서도 전혀 아는 게 없었다. 저녁이 되면 아버지가 집에 돌아왔지만, 나는 아버지가 어디서 오는 길인지도 몰랐다.

"아빠는 뭐 하는 사람이야?"

어느 날, 내가 엄마에게 물어보았다.

"영사야."

나중에는 알게 되었지만, 그때는 이것 역시 내가 모르는 단어였다.

공연이 있다는 오후가 되었다. 엄마는 우리 삼남매와 위고를 절로 데리고 갔다. 뜰에는 노 공연이 이루어지는 상설무대가 마련되어 있었다.

다른 관객들처럼 우리도 무릎을 꿇고 앉을 수 있게 딱딱한 방석을 하나씩 받았다. 공연장은 무척 아름다웠고, 나는 어떤 장면이 펼쳐질지 아주 궁금했다.

오페라가 시작되었다. 연기를 위해 극도로 천천히 무대로 올라오는 아버지의 모습이 보였다. 아버지는 멋진 의상을 입고 있었다. 나는 이렇게 멋지게 옷을 입은 사람이 우리 아버지라는 사실이 대단히 자랑스러웠다.

무대에 올라온 아버지가 노래를 부르기 시작했다. 나는 소름끼치는 표정을 짓지 않으려고 애를 썼다. 아니, 아빠

배에서 나오는 이 이상야릇하고 무시무시한 소리들은 대
체 뭐야? 이 이해할 수 없는 언어의 정체는 뭐야? 아빠 목
소리가 어떻게 하다 이렇게 알 수 없는 탄식으로 변해버
렸을까? 아빠한테 무슨 일이 일어났길래? 나는, 마치 무슨
사고라도 난 것처럼, 울고 싶은 심정이었다.

"아빠 왜 저래?"

조그만 소리로 이렇게 물어보는 나에게 엄마가 입을 다
물라고 했다.

이게 뭐 노래 부르는 거야? 니쇼상이 노래를 불러줄 때
는 좋았다. 그런데 이번은, 아버지의 입에서 나오는 시끄
러운 소리들은, 좋은지를 모르겠다. 그냥 등골이 오싹해
지고, 두렵고, 여기서 달아나고 싶은 마음밖에 없다고 생
각했다.

나는, 나중에, 한참이 지나고 나서야 노를 좋아하고 열
렬한 애호가가 되는 법을 알게 되었다. 필요에 의해 노를
부르는 법을 배우다가 열광적으로 좋아하게 된 우리 아버
지처럼 말이다. 하지만 문화적 소양이 없는 솔직한 사람
이 처음으로 노를 들으면 거북살스러운 느낌이 들 수밖에
없다. 전통적인 일본 아침상에 올라오는 소금에 절인 떨

떠름한 매실을 처음으로 먹어보는 외국인처럼 말이다.

나는 끔찍한 오후를 경험했다. 처음에 느꼈던 두려움은 가시고 지루해지기 시작했다. 오페라 공연이 계속된 4시간 동안, 정말 아무 일도 일어나지 않았다. 나는 우리가 왜 그 자리에 있는지 궁금했다. 나 혼자만 이런 생각을 하는 것은 아닌 것 같았다. 보아하니 위고와 앙드레는 서로 티격태격하고 있었다. 줄리엣은 방석 위에서 완전히 잠이 들어버렸다. 나는 행복하기만 한 줄리엣이 부러웠다. 심지어는 엄마도 몇 번씩 하품이 나오는 걸 참느라 애를 먹고 있었다.

아버지는, 춤을 추지 않으려고 무릎을 꿇고 앉은 채, 끝도 없는 가락을 읊조리고 있었다. 나는 아버지가 무슨 생각을 하는지 궁금했다. 내 주변에서는, 일본 청중들이 태연하게 아버지의 노래를 듣고 있었다. 아버지가 노래를 잘하고 있다는 증거였다.

해가 지자 드디어 공연이 끝났다. 우리 벨기에 예술가는 자리에서 일어나, 통상적으로 배우들이 무대에 머물러야 하는 시간을 채우지 못하고 급히 무대를 내려갔다. 기술적인 이유가 있어서였다. 일본 사람의 몸은 무릎을 꿇은 자세로 몇 시간씩 있어도 전혀 문제가 없지만, 아버지의 두 다리는 감각이 완전히 마비되고 만 것이다. 아버지로서는 무대 뒤쪽으로 뛰어가 사람들이 보지 않는 곳에서 털썩 주저앉는 것 말고는 다른 도리가 없었다. 어쨌든, 노 공연에서는 배우가 박수 ― 더군다나 박수 소리도 늘 시원찮다 ― 를 받기 위해 다시 무대 위로 올라오는 법은 없다. 인사를 하러 무대에 올라온 예술가에게 박수갈채를 보내면 더없이 천박하게 보였을 것이다.

그날 저녁, 아버지가 나에게 공연을 어떻게 봤느냐고 물었다. 나는 질문으로 대답을 대신했다.

"영사라는 게, 그런 거야? 노래하는 거?"

아버지는 웃었다.

"아니, 그런 건 아니야."

"그럼, 대체 영사라는 게 뭔데?"

"설명하기 어려워. 더 크면 얘기해 줄게."

나는 '기기에 뭔가 숨겨져 있어,' 하고 생각했다. 아버지가 떳떳하지 못한 일을 하는 게 틀림없었다.

내가 무릎에 『땡땡』을 펼쳐놓고 있어도 글을 읽는 중이라는 사실은 아무도 몰랐다. 사람들은 내가 그저 그림만 들여다보고 있다고 생각했다. 비밀리에, 나는 성경을 읽었다. 구약은 도무지 이해가 되지 않았지만 신약에는 나한테 와닿는 것들이 있었다.

나는 예수가 막달라 마리아를 용서하는 장면을 무지 좋아했다. 그녀가 무슨 죄를 지었는지는 몰랐다. 그런 세세한 부분에는 관심도 없었다. 다만, 막달라 마리아가 예수의 무릎으로 와락 달려들어 긴 머리를 발에 비비는 모습이 좋았다. 누가 나한테도 그렇게 해줬으면 했다.

갑자기 무더워졌다. 7월은 장마와 함께 시작되었다. 거의 하루도 빠짐없이 비가 내리기 시작했다. 미적지근하고 아름다운 비가 단숨에 내 마음을 사로잡았다.

나는 종일 테라스에 앉아서 하늘이 땅을 향해 달려드는 모습을 쳐다보는 게 너무 좋았다. 나는 이 코스모스(cosmos) 생성 경기의 심판이 되어, 점수를 매겼다. 구름은 대지보다 훨씬 강렬한 인상을 주었지만 언제나 대지에게 지고 말았다. 관성력 최고 타이틀 보유자가 대지였기 때문이다. 물을 머금은 구름들이 위압적으로 도착하는 모습을 보면서, 대지는 늘 하는 소리를 되뇌었다.

"자, 덤벼, 날 흠씬 두들겨 패보라고, 장전한 탄약을 쏴, 발악을 한번 해 보시지, 날 납작하게 뭉개버려, 찍 소리도 하지 않을 테니, 신음 소리도 내지 않을게, 나만큼 맷집 좋은 놈이 있을 리 없지, 나한테 너무 불을 뿜고 나면 너라는 존재는 사라지고 말겠지만, 난, 난 여전히 건재할 것이다."

나는 가끔씩 은신처에서 나와, 희생자 위에 드러누운 뒤 고통을 함께 나눴다. 가장 매혹적인, 소나기가 쏟아지는 순간 — 최후의 난투극이 벌어지는 시간, 해골 터지는 굉음이 나며 살인자가 우박에 맞춰 쉬지 않고 상대의 면

상을 갈기는 순간 — 을 택해 밖으로 나왔다.

나는 눈을 뜨고 적을 정면으로 쳐다보려고 애를 썼다. 적의 아름다움에 경외감을 느꼈다. 그가 조만간 패할 것이라는 사실을 알고 슬펐다. 나는 이 결투에서 응원하고 있는 쪽이 있었다. 그런데 그만 적에게 매수되었다. 땅에 살면서 구름의 편을 들게 된 것이다. 그만큼 땅보다는 구름이 훨씬 내 마음을 사로잡았다. 구름을 위해서라면 배신도 서슴지 않으리라.

니쇼상이 나를 찾아 밖으로 나왔다. 나를 억지로 테라스 지붕 밑으로 밀어 넣어 비를 피하게 했다.

"정신 나갔어. 이러다 병이라도 나면 어쩌려고."

니쇼상이 젖은 옷을 벗기고 수건으로 몸을 감싸 문질러 주는 동안, 나는 땅을 땅에 패대기치는 동어반복성(性) 작업을 계속하는 수막(水膜)을 쳐다보았다. 어마어마한 카워시(car-wash) 속에서 사는 느낌이었다.

비가 이기는 경우가 생길 때도 있었다. 이런 일시적인 승리를 홍수라고 불렀다.

우리 동네의 수위가 높아졌다. 간사이 지방에서는 이런 현상이 매년 여름마다 나타나기 때문에 사람들이 재해라고 생각하지도 않았다. 예상된 의식이었다. 사람들은 길에 있는 오미조(하수구)를 활짝 열어놓는 식으로 홍수에 대비했다.

운전을 할 때는 물이 너무 세게 튀지 않게 속도를 줄여야 했다. 나는 배에 타고 있는 듯한 느낌이 들었다. 장마철은 이런저런 이유로 나를 매료시켰다.

조그만 푸른 호수가 주변의 진달래를 삼키며 두 배 가까이 넓어졌다. 내가 수영할 수 있는 공간도 두 배로 늘어났다. 가끔 꽃이 핀 수풀 위로 지나갈 때면, 나는 아주 묘한 느낌을 받았다.

하루는, 장마가 일시적인 소강 상태를 보이자, 아버지가 동네에 산책을 나가고 싶어했다.

"아빠랑 같이 갈래?"

이버지가 나한테 손을 내밀면서 말했다.

당연히 수락했다.

그래서 우리 둘은 집을 나와 물바다가 된 골목길을 걸어다녔다. 나는 아버지와 산책하는 것을 무척 좋아했다.

아버지는 생각에 잠겨 내가 마음대로 장난을 쳐도 가만히 두었기 때문이다. 엄마 같았으면, 내가 두 발을 모으고 길가로 콸콸 흐르는 물 속을 깡충깡충 뛰어다니면서 입고 있던 원피스와 아버지의 바지를 더럽히게 놔두지 않았을 것이다. 그런데 아버지는, 내가 무슨 짓을 하고 있는지도 몰랐다.

아주 조용하고, 아름다운, 전형적인 일본 동네였다. 길을 따라 일본식 지붕을 얹은 담들이 이어지고, 정원 너머로는 은행나무들이 보였다. 멀리서는, 골목길이 큰길로 변해 구불구불 산으로 이어지며 조그만 푸른 호수에 닿았다. 나의 세계였다. 이곳에서, 내 생에 딱 한 번, 정말로 내 집에 있는 것 같은 느낌을 받았다. 나는 아버지의 손을 잡으려고 팔을 올렸다. 나를 비롯해 모든 게 제자리에 있는데, 손에는 아무것도 잡히지 않는다는 것을 알았다.

나는 옆을 쳐다보았다. 이제 아무도 없었다. 방금 전만해도, 옆에 아버지가 있었다, 분명했다. 그런데 잠깐 고개를 돌린 사이 아버지라는 실체가 없어졌다. 아버지가 언제 내 손을 놨는지도 모르겠는데 말이다.

이름 모를 불안감이 나를 덮쳤다. 어떻게 사람이 이렇게

126

증발해 버릴 수 있단 말인가? 우리가 아무 이유 없이, 아무 설명 없이 잃어버릴 수도 있을 만큼 인간이라는 존재가 불확실하다는 말인가? 눈 깜짝하는 사이에, 인간이라는 거대한 존재가 사라질 수도 있다는 말인가?

갑자기, 나를 부르는 아버지의 목소리가 들렸다. 틀림없이 저세상에서 들리는 소리였다. 아무리 주위를 둘러봐도 소용이 없었으니, 아버지는 보이지 않았으니 말이다. 아버지의 목소리는 다른 세계를 거쳐 나에게 닿는 것 같았다.

"아빠, 어디 있어?"

"여기."

아버지가 차분하게 대답했다.

"어디 말이야?"

"움직이지 마. 특히 아빠가 있던 데는 가면 안돼."

"어디 있었는데?"

"네 오른쪽으로 1미터 떨어진 곳에."

"어떻게 된 거야?"

"아빠는 네 밑에 있어. 하수구가 열려 있었는데, 아빠가 그 안으로 떨어진 거야."

나는 옆을 내려다보았다. 강으로 변한 길 가운데서, 맨홀 뚜껑이라고는 하나도 보이지 않았다. 그런데 잘 살펴보니, 소용돌이 비슷한 게 보였다. 하수구가 열려 있다는 신호가 분명했다.

"아빠, 미조 안에 있어?"

내가 깔깔대며 물었다.

"그래, 우리 딸."

아빠는 나를 놀래키지 않으려고 침착하게 말했다.

아버지 생각이 틀렸다. 내가 기겁을 하게 만드는 게 나았을 뻔했다. 나는 조금도 놀라지 않았다. 배꼽 잡는 일이라고 생각하면서 뭐가 위험한지 몰랐다. 아버지를 삼켜버린 물구멍을 뚫어지게 바라보며, 이런 액체 방벽을 통해 아버지가 나에게 말을 할 수 있다는 사실에 감탄했다. 나도 아버지를 만나서 아버지의 수중 거처가 어떤 곳인지 살펴보고 싶었다.

"아빠, 아빠 있는 데, 거기 있으니까 좋아?"

"있을 만해. 집에 가서 엄마한테 아빠가 하수구 안에 있다고 말해, 알겠지?"

아버지가 너무도 태연자약하게 부탁해서 나는 내가 얼

마나 절박한 임무를 맡았는지 깨닫지 못했다.

"지금 갈게."

나는 집으로 향하며 까불까불 장난을 치기 시작했다.

도중에 한 가지 명백한 사실이 떠올라 소스라치며 멈춰 섰다. 그렇다면, 우리 아빠 직업이? 그래 맞아, 틀림없어! 영사, 이건 하수도 청소부라는 뜻이야. 아빠는 자기 직업을 당당하게 생각하지 않기 때문에 나한테 설명해 주고 싶지 않았던 거야. 아빤 쉬쉬하는 걸 너무 좋아한다니까!

나는 재밌었다. 드디어 아버지가 하는 일의 비밀을 밝혀냈기 때문이다. 아버지는 아침마다 일찍 집을 나가 저녁에 돌아왔지만, 나는 아버지가 어디로 가는지 몰랐다. 그런데, 이제, 알았다. 아버지는 하루 종일 하수관 속에서 시간을 보냈던 것이다.

곰곰이 생각해 보니, 아버지가 물과 관련된 일을 하는 게 마음에 들었다. 더러운 물이긴 해도 어쨌든 물은 물 아닌가. 내 친구인 원소(元素), 나와 가장 많이 닮은 원소, 빠져 죽을 뻔한 적은 있어도 그 안에 있으면 가장 편안해지는 원소였다. 그리고, 여러 원소 가운데 내 언어에 가장 능한 원소 안에서 죽을 뻔했다는 건, 아주 당연한 일이 아

닐까? 배신자로 변할 잠재력이 가장 많은 게 바로 친구라
는 사실은 내가 아직 모를 때였다. 하지만 창문으로 너무
몸을 내밀거나 길 가운데 눕는 것처럼 가장 매력적인 행동
이 필연적으로 가장 위험하다는 것은 알고 있었다.

　이런 흥미진진한 생각을 하다보니 하수구 청소부인 아
버지가 나에게 임무를 맡겼다는 사실까지 까맣게 잊고 있
었다. 나는 골목 가에서 놀기 시작했다. 노래를 지어 부르
며 강처럼 변한 골목에서 두 발을 모으고 깡충깡충 뛰어다
녔다. 몸이 젖을까봐 길을 건너지 못하고 있는 고양이 한
마리를 어느 집 담에서 발견하고, 팔에 안아 맞은편 담으
로 옮겨주었다. 고양이에게 수영할 때의 즐거움과 수영을
하면 좋은 점에 대해 충고의 말을 건네는 것도 잊지 않았
다. 수코양이는 고맙다는 인사도 없이 달아났다.

　아버지는 참 재미난 방법으로 직업을 알려주었다. 설명
을 해주지 않고 나를 직접 직장으로 데리고 가서는, 너무
충격을 주지 않으려고 그 밑으로 몰래 뛰어내린 것이다.
정말, 대단한 아빠야! 아버지가 학교에서 배운 노를 복습
하는 곳도 틀림없이 거기였을 것이다. 그래서 내가 한 번
도 아버지의 노래 소리를 들을 기회가 없었던 것이다.

나는 보도에 앉아서, 은행잎으로 배를 만들어 물살에 흘려보냈다. 그러고는 종종걸음으로 배를 쫓아갔다. 일본 사람들은 참 이상하기도 하지. 굳이 하수구에 벨기에 사람을 써야 할까? 아주 뛰어난 하수도 청소부는 벨기에에 가야 있는 게 분명했다. 여하간, 이런 것들도 많이 중요하지는 않았다. 다음달에 내 세번째 생일이 있다. 딱 플러시 코끼리 인형 하나만 선물로 받았으면! 나는 부모님이 내가 뭘 원하는지 알 수 있게 거듭 암시를 했다. 하지만 우리 부모님은 가끔씩 둔할 때가 있었다.

물난리가 나지 않았더라면 내가 '도전'이라고 부르며 제일 좋아하던 놀이를 했을 것이다. 길 한가운데 누워서 머리 속으로 노래를 한 곡, 후렴 끝까지 부르면서 무슨 일이 벌어져도 움직이지 않는 놀이였다. 나는 항상, 자동차가 지나가도 과연 내가 계속 누워 있을 수 있을지 궁금했다. 과연 자리를 지킬 만한 담력이 나한테 있을까? 이 생각을 하면 늘 심장이 쿵쾅쿵쾅 뛰었다. 하지만 안타깝게도, 어른의 눈을 피해 도전 놀이를 할 수 있는 아주 드문 기회가 생길 때마다, 자동차는 한 대도 오지 않았다. 그래서 내가 가진 과학적 궁금증을 풀지 못하고 있었다.

이렇게 정신적, 육체적 모험, 지하, 항해 모험을 두루 거치고 나서 집에 도착했다. 나는 테라스에 자리를 잡고 악착같이 팽이를 돌리기 시작했다. 시간이 이렇게 얼마나 흘렀는지 모르겠다.

드디어 엄마의 눈에 내가 띄었다.

"어! 두 사람 들어왔구나."

엄마가 말했다.

"나 혼자 왔어."

"그럼 아빠는 어디 계셔?"

"회사에."

"영사관에 가셨어?"

"하수구 안에 있어. 아빠가 하수구 안에 있다고 엄마한테 얘기하라고까지 하던걸?"

"뭐야?"

엄마는 후다닥 차에 탄 뒤 문제의 하수구까지 안내하라고 다그쳤다.

"두 사람, 드디어 왔네!"

하수도 청소부가 다 죽어가는 소리를 냈다.

엄마는 아버지가 도저히 땅 위로 끌어당겨지지 않자 몇

몇 이웃에게 도움을 청했다. 기발하게 줄을 들고 나타난 이웃 한 명이 미조 안으로 줄을 던졌다. 허풍선이 몇 명이 아버지를 끌어당겼다. 아나디오메네(역자주 : 아나디오메네 는 여신 베누스(아프로디테)의 별명으로 '바다에서 올라온 것' 이란 뜻임) 벨기에인이 떠오르는 모습을 보기 위해 사람들이 모여들었다. 정말 볼만한 광경이었다. 눈사람처럼 진흙인 간도 있다고 생각이 들 정도였으니 말이다. 냄새도 코를 찔렀다.

나는 다들 놀라는 모습을 보면서 아버지가 하수도 청소부가 아니고, 내가 지켜본 것이 사고였다는 사실을 깨달았다. 나는 상당히 실망했다. 구정물 속에 있는 가족이 있다는 게 참 재밌다는 생각을 하고 있었던 탓도 있지만, 그보다는 '영사' 라는 단어의 의미를 밝히는 작업이 다시 원점으로 돌아갔기 때문이다.

장대비가 그칠 때까지 앞으로 길에 나가 산보하지 말라는 지시가 떨어졌다.

비가 쉬지 않고 올 때도 역시 수영하러 가는 게 최선이다. 물의 치료약은 많은 양의 물이다.

나는 이때부터 조그만 푸른 호수에서 살다시피 했다. 니쇼상은 우산을 꽉 움켜쥐고, 날마다 나와 같이 호수로 갔다. 그녀는 끈질기게 마른 쪽을 편들었고, 나는, 단박에 반대쪽을 선택했다. 수영하기 전에 몸을 적시려고 수영복을 집에서 아예 입고 나왔을 정도다. 몸이 마를 틈을 절대 주지 않는다, 이것이 나의 신조였다.

나는 호수로 한 번 잠수하면 밖으로 나오지 않았다. 소나기가 퍼붓는 순간이 가장 아름다웠다. 이때 나는 다시 수면으로 올라와 배영 자세를 취하고 직각으로 떨어지는 숭고한 물살을 맞았다. 세상이 내 몸 전체로 떨어졌다. 나는 그 폭포수를 삼키기 위해 입을 벌리고, 세상이 주는 것은 단 한 방울도 마다하지 않았다. 우주는 후덕함이었고, 나는 마지막 한 모금까지 우주를 마실 만큼 너무도 갈증이 났다.

내 밑의 물, 내 위의 물, 내 안의 물. 물, 이건 바로 나였다. 내 일본 이름에 괜히 '비(雨)'가 들어가는 것은 아니다. 나는, 비의 이미지대로, 소중하지만 위험천만하고, 무해한데도 치명적일 수 있고, 조용하면서도 요동치고, 혐오스러우면서도 기쁨을 주고, 부드러우면서도 부식을 일으키고, 하찮으면서도 귀하고, 깨끗하지만 강렬하고, 기만적이면서도 끈기 있고, 음악적이면서도 불협화음 같은 존재라고 느꼈다. 하지만 이것저것 다 뛰어넘어, 다른 무엇보다도, 강인한 존재라고 느꼈다.

지붕이나 우산 밑에 있으면 나를 피할 수 있지만, 그래도 나는 동요하지 않는다. 결국, 내가 침투하지 못하는 것은 없다. 상대가 언제라도 다시 내뱉을 수 있고, 무장을 하고 나를 막을 수도 있지만, 나는 결국 스며들고 말 것이다. 사막에서조차, 절대 나를 만날 일이 없다고 확신할 수는 없다. 사막에 있다보면 도리어 내 생각이 나지 않을 수가 없다. 폭우가 40일째 쏟아질 때 나를 쳐다보면서 저주를 할 수는 있다. 나는 그래도 끄떡없다.

내 태곳적 경험에 의하면, 비가 내리는 것이야말로 기쁨의 절정이다. 저항하려 하지 말고 나를 받아들이고, 그냥 잠겨버리는 게 좋다는 것을 깨달은 사람들도 있다. 하지만, 뭐니뭐니 해도, 나인 것, 비인 것이 제일 좋다. 이슬비로든 장대비로든 쏟아지는 것, 얼굴과 풍경들을 후려치는 것, 샘을 채우거나 강을 범람하게 만드는 것, 결혼식을 망치고 장례식을 축하해주는 것, 하늘의 선물이든 저주이든 억수같이 내리붓는 것보다 더 관능적일 수는 없다.

비 같은 내 유년 시절은 고기가 물을 만난 듯 일본에서 꽃을 피웠다.

끝없이 계속되는 내 원소와의 결혼식을 지켜보다 지친 니쇼상이 결국 나를 불렀다.

"호수에서 나와! 녹아버리겠다!"

너무 늦었어. 난 벌써 한참 전에 녹아버린걸.

8월. 니쇼상이 "무시아츠이" 하고 투덜댔다. 정말이지, 찜통 같은 무더위였다. 액화와 승화가 괴로운 리듬으로 이어졌다. 양서류인 내 몸은 신이 났다. 신이 난 것은 내 몸밖에 없었다.

아버지는 이런 무더위에 노래하는 것을 고역으로 생각했다. 야외공연이 있으면 아버지는 비가 와서 공연이 중단되기를 바랐다. 나 역시 그랬으면 했다. 노 공연이 너무 지루했던 탓도 있지만, 그보다는 소나기를 만나는 기쁨 때문이었다. 산에서 울리는 천둥의 포효 소리는 세상에서 가장 아름다운 소리였다.

나는 언니한테 거짓말을 하면서 놀았다. 지어낸 얘기면 뭐든 좋았다.

"나, 당나귀 있다."

내가 발표했다.

왜 하필 당나귀지? 조금 전만 해도 무슨 말을 할지 몰랐으면서.

"진짜 당나귀야."

모르면 용감해진다고, 나는 입에서 나오는 대로 계속 말을 했다.

"무슨 얘기를 하는 거니?"

줄리엣 언니가 결국 말을 받았다.

"그래, 나한테 당나귀가 있다고. 초원에 사는데, 내가 조그만 푸른 호수에 가다 보면 보여."

"초원은 없어."

"비밀 초원이야."

"네 당나귀, 어떤데?"

"회색이고, 귀가 길어. 이름은 카니쿠고."

나는 지어냈다.

"당나귀 이름이 그거라는 걸 어떻게 아는데?"

"내가 그 이름을 지어줬거든."

"넌 그럴 권리가 없어. 네 당나귀도 아니잖아."

"맞아, 내 거야."

"다른 사람 게 아니고 네 거라는 걸 어떻게 아냐?"

"당나귀가 나한테 말해 줬어."

언니가 깔깔거리며 웃었다.

"거짓말쟁이! 당나귀는, 말을 못해."

이런, 내가 이 점을 깜빡했구나. 나는 그래도 우겼다.

"그건 말을 하는 요술 당나귀야."

"안 믿어."

"못 믿으면 할 수 없지."

내가 목에 힘을 주고 결말을 지었다.

나는 속으로 되뇌었다. '다음번에는, 동물은 말을 못한다는 걸 꼭 기억해야지.'

나는 다시 한번 시도했다.

"나, 바퀴벌레 있다."

무엇 때문이었는지 기억은 나지 않지만, 이 거짓말은 그때 아무 효과도 없었다.

이번에는, 시험삼아 진실을 얘기해 본다.

"나, 글자 읽을 줄 알아."

"그렇겠지."

"정말이야."

"알았어, 알았다고."

이럴 수가. 진실마저 통하지 않다니.

나는 낙심하지 않고 계속 신빙성을 획득하기 위해 애썼다.

"나 세 살이야."

"왜 늘 거짓말만 하니?"

"거짓말하는 게 아니야. 난 세 살인걸."

"열흘 후지!"

"그래. 세 살 다 됐잖아."

“다 된 거지, 세 살은 아니잖아. 거 봐, 넌 늘 거짓말만 하잖아.”

내가 신빙성이 없는 사람이라는 사실에 익숙해져야 했다. 심각한 건 아니었다. 사실, 사람들이 나를 믿든 안 믿든, 난 상관없었다. 나는 앞으로도 계속 재미로 지어낼 것이다.

그래서 나는 스스로 최면을 걸기 시작했다. 적어도 나는, 내가 생각하는 것을 믿었다.

부엌에 아무도 없었다. 놓칠 수 없는 절호의 기회였다. 나는 식탁으로 기어올라가서 찬장의 북쪽 사면을 등정하기 시작했다. 한 발은 차(茶) 통에 올리고, 다른 발로는 버터 비스킷 상자를 딛고, 손으로는 국자 걸이를 꽉 움켜잡고, 전리품을, 엄마가 초콜릿과 캬라멜을 숨겨놓은 장소를 찾아내고 말 것이다.

양철통 포착. 가슴이 방망이질을 하기 시작했다. 왼발은 쌀포대 안에 넣고, 오른발은 마른 미역 위에 올리고, 나는 탐욕의 다이너마이트로 자물쇠를 폭파했다. 뚜껑을 열었다. 카카오 금화, 설탕 진주, 껌 하천, 감초 뿌리 왕관, 마시멜로우 팔찌를 발견하고 눈이 휘둥그래졌다. 전리품. 여기에 내 깃발을 꽂고, 포도당 시럽과 E428 산화방지제 히말

라야 고지에서 내가 달성한 위업을 응시하려 하는데, 발
소리가 들렸다.

　공포가 엄습. 내 보석들을 찬장 정상에 놔둔 채 자일을
타고 수직 하강해 식탁 밑으로 몸을 숨겼다. 발들이 도착
했다. 니쇼상의 슬리퍼와 카시마상의 게다(역자주 : 일본의
나막신)가 눈에 띄었다.

　니쇼상이 차를 타려고 물을 끓이는 동안 카시마상은 자
리에 앉았다. 카시마상은 노예를 부리듯 니쇼상에게 명령
을 했다. 사람을 쥐고 흔드는 것으로 부족해 끔찍한 소리
까지 했다.

　"그 사람들은 널 깔보고 있어, 확실해."

　"그렇지 않아요."

　"빤히 다 보이는걸. 벨기에 여자는 너한테 아랫사람 대
하듯 말을 하잖아."

　"여기서 저한테 아랫사람 대하듯 말하는 사람은 단 한
명, 카시마상뿐이에요."

　"당연하지. 넌 아랫사람이야. 난, 위선자는 아니라고."

　"마담은 위선자가 아니에요."

　"네가 그 여자를 부를 때 마담이라고 하는 거, 웃기는

일이야."

"그분은 나를 니쇼상이라고 부르는 걸요. 그분 나라 말로 하면, 이게 마담이에요."

"네가 안 보이면 그 여자는 널 부엌데기라고 불러, 정말이야."

"어떻게 알아요? 불어도 모르면서."

"백인들은 늘 일본 사람을 업신여겼으니까."

"그분들은 아니에요."

"이렇게 바보라니까!"

"선생님은 노도 하시는 걸요!"

"'선생님'! 벨기에 남자가 우리를 놀리려고 그러는 걸 모르겠어?"

"노래 배우러 가시느라고 아침마다 동이 트기도 전에 일어나세요."

"군인이 조국을 지키기 위해 일찍 일어나는 것은 당연한 일이야."

"외교관이지, 군인이 아니잖아요."

"그 외교관이라는 놈들이 1940년에 무슨 짓을 했는지 우리가 똑똑히 봤잖아."

"카시마상, 지금은 1970년이에요."

"그래서? 변한 건 아무것도 없어."

"그분들이 카시마상의 적이면, 왜 밑에서 일해요?"

"난 일 안해. 못 봤어?"

"그래요, 봤어요. 하지만 그분들 돈은 받잖아요."

"그 인간들이 우리에게 진 빚에 비하면 새발의 피지."

"그분들은 우리에게 조금도 빚진 게 없어요."

"세상에서 제일 아름다운 나라를 우리한테서 빼앗았잖아. 그러더니 1945년에는 죽여버렸어."

"그래도 결국에는 우리가 이겼잖아요. 우리 나라는 지금 그분들 나라보다 더 잘사는 걸요."

"전쟁 전에 비하면 지금의 우리 나라는 아무것도 아니야. 너야 그 시절을 겪지 못했지만, 그때는 정말 일본인이라는 사실을 자랑스럽게 느낄 만했어."

"젊었을 때 얘기니까 그렇게 말씀하시죠. 너무 미화시키세요."

"젊었을 적 얘기라고 다 아름다운 건 아니지. 너 같은 경우야, 젊은 시절 얘기를 해도 아주 비참할 거야."

"그래요. 제가 가난하니까 그렇죠. 전쟁 전에도 지금처럼 가난했을 테니까요."

"전에는, 모두를 위한 아름다움이 있었지. 부자나, 가난뱅이나."

"어땠는데요?"

"이제는, 누구한테도 아름다움이 없어. 부자도, 가난뱅이도."

"아름다움을 찾는 것은 어렵지 않아요."

"잔해들이야. 사라지고 말 것들이지. 일본의 데카당스야."

"어디서 들은 적이 있는 얘기예요."

"네가 무슨 생각을 하는지 알아. 아무리 나하고 생각이 달라도 걱정은 하고 있는 게 몸에 이로울 거야. 여기서, 너는 네 생각만큼 사랑받지 못하고 있어. 그 사람들 웃음 뒤에 숨어 있는 멸시를 느끼지 못하면, 너야말로 정말 순진무구한 거지. 당연하겠지. 너희 계층 사람들은 버러지만도 못한 취급에 하도 익숙해서, 그런 대접을 받는다는 사실조차 인식하지 못하게 되었으니까. 하지만 난, 귀족이야. 사람들이 날 함부로 대하면 느낄 수 있다고."

"여기서는, 정말 카시마상을 함부로 대하지 않아요."

"나야, 그렇지. 내가 너와는 다른 사람이라는 걸 알아두
는 게 좋을 거라고, 알아듣게 얘길 했거든."

"그래서, 결과적으로 저는 가족의 일원이 됐지만, 카시
마상은 아니잖아요."

"넌, 도대체 얼마나 바보면 그런 걸 믿어?"

"애들이, 특히 꼬맹이가 절 얼마나 좋아하는데요."

"말이 필요 없지! 그 나이에야 강아지 새끼들이니까! 강
아지 새끼한테 먹을 걸 줘봐, 널 좋아할 걸!"

"강아지 새끼들이, 전 좋은 걸요."

"강아지 가족의 식구가 되고 싶다면, 잘 해보라고! 하지
만 어느 날, 그들이 너까지 개 취급을 해도, 놀라지는 말
아."

"무슨 말이에요?"

"나야 무슨 말인지 알지."

토론을 일단락 지으려는 듯이, 카시마상이 찻잔을 식탁
에 내려놓으면서 말했다.

다음날, 니쇼상이 일을 그만두겠다고 아버지에게 통보

했다.

"일이 너무 많아서, 피곤해요. 집에 들어앉아서 쌍둥이 딸을 돌봐줘야겠어요. 딸애들이 열 살밖에 안 돼서, 아직 제 손이 가야 해요."

우리 부모님은 암담했지만 사의를 받아들일 수밖에 없었다.

나는 니쇼상의 목에 매달렸다.

"가지 마! 제발!"

니쇼상은 울면서도 결심을 바꾸진 않았다. 나는 카시마상이 빈정대며 웃는 모습을 보았다. 나는 부모님한테 뛰어가서, 내가 숨어서 지켜본 장면에서 느꼈던 점을 얘기했다. 카시마상을 괘씸하게 여긴 아버지는 니쇼상을 찾아 단둘이 얘기를 나누었다. 나는 여전히 엄마 팔에 안겨 흑흑 흐느끼며, 바락바락 같은 말을 되풀이했다.

"니쇼상은 나랑 같이 있어야 돼! 니쇼상은 나랑 같이 있어야 돼!"

엄마는, 언젠가는 내가 니쇼상과 헤어지게 될 것이라고, 차분하게 설명해 주었다.

"아빠가 영원히 일본에서 근무하지는 않을 거야. 1년이

나 2년, 아니면 3년 후에 우리는 떠날 거야. 니쇼상은 같이 가지 않을 거고. 그때는, 네가 정말 니쇼상과 헤어져야 하는 거야."

내 발 밑에서 우주가 무너졌다. 너무 끔찍한 얘기를 한꺼번에 듣고 난 터라 한 가지도 감당이 되지 않았다. 엄마는, 나에게 세상의 종말을 고하고 있다는 사실을 모르는 것 같았다.

나는 한참이 지나서야 겨우 말문을 열 수 있었다.

"우리가 언제까지나 여기서 살 거 아니야?"

"응. 아빠가 다른 곳으로 발령을 받으실 거야."

"어디?"

"어딘지 몰라."

"언제?"

"언제인지도 몰라."

"싫어. 난 안 갈 거야. 떠날 수 없어."

"이제 우리랑 같이 살기 싫어?"

"아니. 하지만 가족들도, 가족들도 남아야 돼."

"우리한테는 권리가 없어."

"왜?"

“아빠는 외교관이야. 그게 아빠 직업이야.”

“그래서 뭐 어떻다고?”

“벨기에서 시키는 대로 해야 해.”

“벨기에는 멀잖아. 아빠가 명령대로 안해도 혼내지 못할 거야.”

엄마는 웃었고, 나는 목이 터져라 울었다.

“엄마가 한 얘기, 농담이야. 우린 떠나지 않을 거야!”

“농담 아니야. 우린 언젠가 떠날 거야.”

“난 떠날 수 없어! 난 여기서 살아야 돼! 여기가 우리 나라야! 여기가 우리 집이야!”

“여긴 네 나라가 아니야!”

“내 나라야! 떠나면 난 죽어!”

나는 미친 듯이 고개를 가로 저었다. 나는 바다 속에 있었는데, 발이 땅에 닿지 않았다, 물이 나를 삼켜버렸다, 나는 허우적거렸다, 받침대를 애타게 찾았다, 땅은 어디에도 없었다, 세상이 날 더 이상 원하지 않았다.

“그렇지 않아, 너는 죽지 않아.”

아니었다. 나는 이미 죽고 있었다. 인간이라면 언젠가 알게 되는, ‘네가 사랑하는 것은 잃어버리게 된다’ 는 끔찍한 소식을 막 들었다. 내 유년시절과 청소년기, 그리고 이후에 일어나는 사건사고들을 규정할 불행을, 나는 '지금 네가 가지고 있는 것은 다시 빼앗기게 될 것이다'로 인식했다. '지금 네가 가지고 있는 것은 다시 빼앗기게 될 것이다', 이건 네 인생 전체가 죽음의 박자에 맞춰 움직일 것이라는 뜻이다. 너무도 사랑하는 나라, 산, 꽃들, 집, 니쇼상, 그리고 네가 니쇼상에게 쓰는 언어의 죽음 말이다. 그리고 이 죽음은 시작에 불과할 것이다. 네가 상상도 못할 만큼 긴 죽음의 행렬이 이어질 테니까 말이야. 아주 강한 의미의 죽음이지. 넌 아무것도 건질 수 없을 테니까, 아무것도 다시 찾을 수 없을 테니까 말이야. 신이 욥에게 새 부인과 새 집, 새 자식을 '돌려주면서' 속여넘기려 하듯이, 사람들은 널 우롱하려 하겠지. 불행히도, 넌 순진하게 속아넘어갈 만큼 바보는 아닐 거야.

"대체 내가 무슨 나쁜 짓을 했다고?"

나는 오열했다.

"전혀. 너 때문이 아니야. 그냥 그런 거지."

내가 혹시 무슨 나쁜 짓이라도 했다면! 혹시 이런 잔혹함이 내게 내려진 벌이라면! 아니다. 그냥 그러니까 그런 것이다. 네 성질이 고약하든 그렇지 않든, 이건 조금도 달라지지 않는다. '지금 네가 가지고 있는 것은 다시 빼앗기게 될 것이다', 이게 규정이다.

세 살이 다 되어, 언젠가 죽는다는 사실을 안다. 이건 전혀 중요한 게 아니다. 너무 먼 훗날이라서 존재하는 것 같지도 않으니까. 다만, 이 나이에, 지고한 명령들을 어기지도 않았는데, 1년이나 2년, 3년 후에 정원에서 쫓겨난다는 사실을 알게 되는 것, 이게 가장 가혹하고 부당한 가르침이며, 무한한 괴로움과 고통의 원인이다.

'지금 네가 가지고 있는 것은 다시 빼앗기게 될 것이다.' 그리고 네가 무엇을 빼앗길지 알게 되면.

나는 절망으로 울부짖기 시작했다.

그때, 아버지와 니쇼상이 다시 모습을 나타냈다. 니쇼상이 달려와 나를 품에 안았다.

"안심해, 나 있을게, 이제 안 가, 너랑 함께 있어, 이제 끝났어!"

니쇼상이 조금만 일찍 이 얘기를 했더라도 나는 좋아서 어쩔 줄을 몰랐을 것이다. 이제는, 이것이 유예일 뿐임을, 비극은 뒤로 미뤄졌을 뿐임을 알고 있다. 얄팍한 위안.

152

장차 이렇게 강탈당하게 된다는 사실을 깨닫고 나서 취할 수 있는 태도는 두 가지뿐이다. 잘려나가는 고통을 줄이기 위해, 사람과 사물들에 애착을 갖지 않겠다는 마음을 먹을 수도 있고, 정반대로 더욱더 사람과 사물들을 아끼고, 전력을 다해 사랑하겠다는 마음을 먹을 수도 있다. '우리가 함께 하는 시간이 많지 않을 테니까, 나는 네게 평생 줄 사랑을 1년에 다 주겠어.'

나는 즉시 두번째 방법을 택했다. 두 팔로 니쇼상을 꼭 감고, 있는 힘, 없는 힘을 다해 껴안았다. 그래도 눈물이 한참은 더 흘렀다.

카시마상이 지나가다가 이 장면을 목격했다. 이제 마음이 진정되어, 나를 애처롭게 안고 있는 니쇼상의 모습을 보았다. 카시마상은, 내 염탐 행위까지는 모르더라도 이번 일에 내 감정이 작용했다는 사실 정도는 알게 되었다.

카시마상은 입술을 악다물었다. 그녀가 증오심에 가득 찬 눈으로 나를 바라보는 게 보였다.

2-3년이 지나야 우리가 일본을 떠난다는 아버지의 얘기에, 나는 아주 조금은 안심이 되었다. 2-3년이라는 기간이 나에게는 평생이나 다름없었던 것이다. 그러니까 내가 태

어난 일본이라는 나라에서 한평생 살 수 있다는 얘기였다. 병을 고치지는 못하고 고통만 완화시키는 약들처럼, 씁쓸한 안도감이 느껴졌다. 나는 아버지에게 직업을 바꾸면 어떻겠냐고 했다. 아버지는, 하수도 청소부라는 직업에는 그다지 끌리지 않는다고 대답했다.

이때부터 나는 장중한 기분으로 지냈다. 이런 비극적인 깨달음이 있던 바로 그날 오후, 니쇼상이 나를 놀이터로 데리고 갔다. 나는 거기서 보낸 한 시간 동안, 모래 놀이터의 야트막한 담장을 미친 듯이 뛰어오르며 이렇게 되뇌었다.

"넌 기억해야 해! 넌 기억해야 해! 일본에서 영원히 살지 않을 테니까, 정원에서 쫓겨날 테니까, 니쇼상과 산을 잃게 될 테니까, 지금 네가 가지고 있는 것은 다시 빼앗기게 될 테니까, 이 소중한 것들을 기억할 의무가 있어. 기억은 글자와 똑같은 힘이 있어. 책에 써 있는 '고양이'라는 글자를 보면, 그토록 예쁜 눈으로 너를 쳐다보던 이웃집 수코양이와는 모양이 판이하게 다르지. 그렇지만, 그 글자를 보면 고양이가 옆에 있는 것과 비슷한, 고양이의 금빛 시선이 너에게 닿을 때와 비슷한 기쁨을 느낄 수 있어.

기억도 마찬가지야. 네 할머니는 돌아가셨지만 기억 속에서 그분은 다시 살아나서. 네 천국의 놀라움들을 뇌 속 물질에 적어 넣으면, 그 기적 같은 실체까지는 몰라도, 적어도 그 위력만큼은 네 머리 속으로 옮겨놓을 수 있을 거야.

이제부터, 너는 대관식만 경험하게 될 거야. 흰 담비 모피로 만든 망토를 입고, 네 두개골의 성당에서 왕관을 쓰게 될 거야. 네 감정 하나하나가 다 네 왕조가 되는 거야.”

드디어 내가 세 살이 되는 날이 왔다. 내 기억에 처음으로 남아 있는 생일이었다. 나한테는 세계적인 중요성을 지닌 행사로 비쳤다. 그날 아침, 나는 슈쿠가와에 축제가 벌어질 것이라는 상상을 하며 잠에서 깼다.

나는 아직 잠들어 있는 언니의 침대로 뛰어올라가 언니를 흔들었다.

"언니가 제일 먼저 나한테 생일 축하한다고 말해 줬으면 좋겠어."

나는 언니로서는 참으로 영광스러운 일일 것이라고 생각했다. 언니는 투덜거리며 축하한다고 하고는 못마땅한 얼굴로 돌아누웠다.

나는 배은망덕한 언니를 뒤로하고 부엌으로 내려갔다.

니쇼상은 완벽했다. 어린 신(神) 앞에 무릎을 꿇고 앉아, 내가 달성한 위업을 축하해 주었다. 그녀가 옳았다. 세 살을 먹는다는 것은, 아무나 할 수 있는 일이 아니었다. 잠시 후, 그녀가 내 앞에 엎드렸다. 나는 농밀한 만족감을 느꼈다.

나는 니쇼상에게, 나를 환호하기 위해 마을 사람들이 우리 집으로 올 건지, 아니면 내가 직접 길에 나가 다니면서 박수갈채를 받아야 하는지 물어보았다. 니쇼상이 순간적으로 당황하더니 이런 대답을 찾아냈다.

"여름이잖아. 사람들이 휴가를 떠났어. 그렇지 않으면 널 위해 축전을 준비했겠지."

나는 차라리 잘됐다고 생각했다. 떠들썩하게 축제를 벌여봤자 나는 틀림없이 지겨웠을 것이다. 내가 거둔 눈부신 성공을 축하하기 위해서는 속닥속닥한 분위기가 최고다. 내가 플러시 코끼리 인형을 받는 순간, 하루는 그 화려함의 절정을 맞게 될 것이다.

부모님이 간식 시간에 선물을 주셨다고 얘기했다. 위고와 앙드레는 오늘 하루 동안 특별히 나를 귀찮게 하지 않겠다고 말했다. 카시마상은 아무 말도 하지 않았다.

이때부터, 나는 목을 빼고 정신없이 기다렸다. 그 코끼리는 내 평생 가장 멋진 선물이 될 것이다. 나는, 코끼리 코는 얼마나 길지, 두 팔에 안으면 무게는 얼마나 나갈지 상상해 보았다.

그 코끼리는 코끼리라고 부를 것이다. 코끼리한테 붙이기에는 예쁜 이름 아닌가.

오후 4시가 되자 나를 불렀다. 간식이 차려진 식탁으로 가는 나의 가슴은 리히터 진도 8의 강도로 고동쳤다. 선물 꾸러미는 눈에 보이지도 않았다. 감춰둔 게 분명했다.

요식 절차. 케이크. 후딱 끝내고 싶은 마음에 불이 붙은 초 세 개를 불었다. 이어지는 노래.

"내 선물은 어딨어?"

내가 참다 못해 물었다.

부모님이 얄궂은 미소를 지었다.

"기대하시라."

격정스러움.

"내가 달라고 한 게 아니야?"

"더 좋은 거!"

플러시 코끼리 인형보다 더 좋은 거라니, 그런 건 없는

데. 나는 최악의 사태를 예상했다.

"뭔데?"

부모님은 나를 정원에 있는 작은 돌 연못으로 데리고 갔다.

"물 속을 들여다봐."

잉어 세 마리가 뛰어 놀고 있었다.

"우리가 보니 네가 물고기, 그 중에서도 잉어를 아주 좋아하더구나. 그래서 한 살에 하나씩, 잉어를 세 마리 주기로 했지. 좋은 생각이지 않니?"

"응."

나는 아연했지만, 공손하게 대답했다.

"주황색 한 마리, 녹색 한 마리, 은색 한 마리. 너무 매혹적인 것 같지 않니?"

"응."

나는 흉측스럽다고 생각하면서 말했다.

"잉어는 네가 보살피렴. 잉어 주라고 뻥튀기 쌀 과자를 잔뜩 준비해 놨으니까, 작게 부시뜨러서 이렇게, 잉어한테 던져주면 돼. 마음에 드니?"

"아주."

지옥이요, 천벌이었다. 아무것도 받지 않는 게 좋을 뻔했다.

내가 깍듯하게 예의를 갖추기 위해 거짓말을 한 건 아니었다. 우리가 아는 언어로는 내가 얼마나 분통이 터지는지 형용할 길이 없었고, 어떤 표현을 써도 내가 느낀 실망감과는 너무 거리가 멀었기 때문이다.

아직 풀지 못한, 인간이 가진 수많은 의문 중에 이것도 추가해야겠다. 좋은 뜻을 가진 부모들인데, 자식에 대해 기절초풍할 환상을 품는 것으로 모자라, 아예 자식이 내릴 결정을 대신 내리기까지 하는 경우가 있다. 대체 무슨 생각으로 그러는 것일까?

흔히 사람들에게, 어렸을 때 장래 희망이 뭐였냐고 물어본다. 내 경우에는, 똑같은 질문을 우리 부모님에게 하면 훨씬 흥미로운 대답이 나온다. 부모님이 차례차례 내놓는 답들이 내가 절대 되고 싶지 않았던 것을 그대로 보여주기 때문이다.

내가 세 살 때, 부모님은 '내가' 잉어를 키우는 데 막대한 관심이 있다고 선언했다. 일곱 살 때는, '내가' 외교관이 되고 싶어한다는 장중한 결정을 발표했다. 열두 살 때는, 자식 중에 정치 지도자가 한 명은 나오겠구나, 하는 부모님의 확신이 커졌다. 그리고 열일곱 살 때는, 내가 가족들의 변호사가 될 것이라고, 부모님이 공표했다.

어떻게 그런 이상한 생각들을 하게 되었는지 부모님에게 여쭤볼 기회가 있었다. 부모님은 여전히 확신에 가득 차서, "싹수가 보였어.", "사람들이 전부 그렇게 생각했어."하고 대답했다. 내가 대체 '사람들 전부'가 누군지 알고 싶다고 하자, 두 분은 이렇게 말했다.

"그냥, 사람들 전부라니까!'

두 분의 진심은 알아드려야 했다.

세 살 때 얘기로 돌아오자. 아버지와 엄마가 내가 양어(養魚) 분야에서 큰 일을 하기를 바랐기 때문에, 나는, 두 분을 위하는 마음에서, 물고기 매니아에게 나타나는 외적 징후를 열심히 흉내냈다.

나는 크레파스를 가지고 갖가지 물고기 모양을 스케치북에 그리기 시작했다. 큰 지느러미, 작은 지느러미 물고기, 지느러미가 여러 개이거나 아예 없는 물고기, 녹색 비늘 물고기, 빨간 비늘 물고기, 파란색 비늘에 노란 물방울 무늬가 있는 물고기, 주황색 비늘에 연보라 줄무늬가 있는 물고기.

"우리가 얘한테 잉어를 선물하길 잘했죠!"

부모님이 내 작품들을 들여다보며 감탄을 금치 못했다.

내가 그 수중 동물 집단에게 매일 먹이를 줘야 하지만 않았더라도, 이 사건은 그냥 웃어넘길 일이었을 것이다.

나는 뻥튀기 쌀 과자를 몇 개 찾으려고 창고로 갔다. 그러고 나서, 연못가에 서서, 응집 상태의 이 음식을 부스러뜨린 뒤, 팝콘 크기의 조각들을 물에 던졌다.

상당히 재미있는 일이었다. 문제는, 이때, 식사를 하려고 입을 쩍 벌린 채 물 위로 올라오는 그 빌어먹을 잉어들이었다.

배를 채우기 위해 연못 위로 떠오르는, 몸뚱이 없는 입 세 개를 보고 있으면 구역질이 나면서 정신이 혼미해졌다.

늘 기발한 생각이 끊이지 않는 부모님이 나에게 말했다.

"오빠, 언니, 너, 너희들도 잉어처럼 셋이잖니. 주황색

잉어는 앙드레, 녹색은 줄리엣, 은색은 네 이름을 따서 불러도 되지 않을까?'

나는 이런 인명(人名) 재난을 피하기 위해 감쩍한 핑계를 하나 댔다.

"안돼. 위고가 섭섭할 거야."

"그건 그렇다. 그럼 잉어를 한 마리 더 살까?'

빨리, 뭐라고 꾸며대야겠어, 아무 말이라도.

"됐어. 내가 벌써 잉어들한테 이름을 지어준 걸."

"어, 그런데 뭐라고 붙였니?'

'그런데, 세 개씩 짝이 되는 게 뭐가 있지? 머리가 번개같이 돌아갔다. 나는 이렇게 대답했다.

"예수, 마리아, 요셉."

"예수, 마리아, 요셉? 물고기한테 붙이기에는 너무 이상한 이름인 것 같지 않니?'

"아니."

내가 확신에 찬 듯 말했다.

"그럼 누가 누구야?'

"주황색은 요셉, 녹색은 마리아, 은색은 예수."

엄마는 요셉이라는 이름의 잉어가 있다는 생각에 웃고

말았다. 내가 준 세례가 인정되었다.

　매일 정오, 해가 중천에 뜨면, 나는 잉어 3인조에게 늘 먹이를 주었다. 나, 양어장의 여사제는 쌀 과자를 축성하고, 부순 다음, 물에 던지며 이렇게 말했다.

　"이는 너희를 위하여 내어줄 내 몸이다."

　예수, 마리아, 요셉의 흉측한 아가리가 득달같이 나타났다. 지느러미로 요란뻑적지근하게 물을 때리며 입노릇을 하려고 달려들었다. 변변치 않은 음식인데도 어떻게든 많이 삼키려고 서로 싸웠다.

　난리를 치며 싸움까지 하는 걸 보니, 이게 그렇게 맛있단 말인가? 나는 꼭 스티로폼 같은 과자를 깨물어보았다. 아무 맛도 없었다. 차라리 펄프를 먹는 게 낫지.

　하지만, 얼간이 같은 물고기 녀석들이, 물을 먹고 부풀어올라 맛이 형편없을 게 틀림없는 이 만나(역자주 : 모세가 여호와로부터 받았다는 음식)를 차지하기 위해 어떻게 치고받는지는 구경해야 했다. 이 잉어들을 보면 한없는 멸시의 마음이 생겼다.

나는 쌀 과자 부스러기들을 여기저기 흩어놓으면서, 가능한 그 족속들의 입은 쳐다보지 않으려고 애를 썼다. 음식을 먹는 사람의 입만 해도 벌써 보기 괴로운 장면이다. 하지만 그건 예수, 마리아, 요셉의 입에 비하면 아무것도 아니었다. 차라리 하수구를 보면 더 식욕이 생겼을 것이다. 놈들은 아가리의 직경이 몸뚱이의 직경과 거의 비슷했다. 입술의 시선으로 나를 쳐다보는, 그놈들의 입술만 없었으면, 저속한 소리를 내며 열렸다 닫혔다 하는 그 기분 나쁜 입술만 없었으면, 내가 던져주는 먹이를 받아먹다가 결국 나를 잡아먹고 말, 튜브 모양의 그 입만 없었으면, 호스의 단면을 보고 있다고 착각했을 것이다.

나는 눈을 감고 먹이를 주는 데 익숙해졌다. 생존의 문제였다. 내 눈먼 손은 쌀 과자를 부스러뜨린 뒤 잉어들 앞으로 되는 대로 던졌다. "첨벙 첨벙 꿀꺼덕 꿀꺼덕" 하고 이어지는 소리를 들으며, 기아에 허덕이는 사람들 같은 잉어 3인조가 내 먹이 발사 탄도 실험의 궤적을 잘 따라오고 있다는 것을 알았다. 이 소리소자 상스럽게 들렸지만 귀를 막는 것은 불가능했다.

내가 처음으로 느낀 혐오감이었다. 이상하다. 세 살이

되기 전에 으스러진 개구리를 들여다본 기억도 있고, 내가 눈 똥으로 수제 도자기를 빚은 기억도, 감기에 걸린 언니가 쓰던 손수건의 내용물을 자세히 관찰한 기억도, 송아지 생간(肝) 토막에 손가락을 댔던 기억도 있다. 고결한 과학적 호기심이 발동해, 한 번도, 조금이라도 혐오감을 느끼지 않았다.

그런데 왜 유독 잉어의 입을 보면 속에서 이렇게 구역질 같은 현기증이, 이런 감각의 혼수상태가, 이렇게 식은땀이, 이런 비정상적인 강박관념이, 이런 육체와 정신의 경련이 생기는 것일까? 미스터리.

나는, 우리들 개개인마다 다른 특성이 딱 한 가지 있는데, 그게 '네가 뭘 혐오하는지 말해 봐, 그럼 네가 누군지 내가 말해 주지.' 로 요약된다는 생각을 할 때가 있다. 우리들의 개성은 정말로 별 볼일 없다, 우리들의 취향도 하나같이 평범하기 짝이 없다. 우리가 느끼는 혐오감만이 진정으로 우리를 말해 준다.

10년 뒤, 라틴어를 배우다가 우연히 '카르페 디엠

(Carpe diem)’이라는 문구를 접했다.

머리가 분석을 하기도 전에, 내 안에 있는 오래된 본능이 먼저 "하루에 잉어 한 마리"라는 번역을 내놓았다. 옛날에 내가 겪었던 고난을 단적으로 나타내는, 최고로 역겨운 속담이었다.

물론 "오늘을 즐겨라."가 옳은 번역이었다. 오늘을 즐기라고? 너 그걸 말이라고 하냐? 오전에는 널 기다리는 형벌만 생각하고, 오후에는 네가 보았던 것을 곱씹고 있는데, 일상의 결실을 즐길 수 있겠냐?

나는 더 이상 이 생각을 하지 않으려고 애썼다. 안타깝지만, 이보다 체득하기 힘든 것도 없다. 우리가 안고 있는 문제를 더 이상 생각하지 않을 수 있으면, 우리는 행복한 인간일 것이다.

구덩이 속에서 형벌을 받고 있는 성(聖) 블랑딘(역자주 : 프랑스의 여 순교자)한테 "자, 사자는 생각하지 말라고!" 하는 얘기와 똑같다.

일리 있는 비교다. 점점 내 실로 잉어를 먹이고 있다는 느낌이 들었기 때문이다. 나는 마르고 있었다. 물고기들의 점심 식사가 끝나면, 내 식사시간이 되었다. 나는 아무것도 삼킬 수가 없었다.

밤이면, 침대에서, 나는 쫙 벌어진 입으로 어둠을 가득 채웠다. 베개 밑에서, 나는 공포에 떨며 울었다. 자기 암시가 너무 강했던 탓에 비늘이 덮인 유연하고 뚱뚱한 몸들이 이불 속으로 찾아와 나를 꽉 껴안았다. 그리고 차갑고 두툼한 입술이 붙은 그 입들이 내 입안에 키스를 했다. 나는, 물고기 모양 환상의 미성년자 애인이었다.

요나와 고래? 농담도 잘 하시지! 요나는 고래 뱃속에서 아주 안전했다. 나도, 잉어의 뒤룩뒤룩한 배를 채우는 소로 쓰였으면 차라리 나았을 것이다. 내가 구역질을 느낀 것은 잉어의 위(胃)가 아니라 입이었다. 기나긴 밤 동안 내 입술을 강간하던 그 턱에 있는 판막의 움직임이었다. 히에로니무스 보스(역자주 : 네덜란드 화가)의 작품에나 등장할 만한 피조물들과 조우하다 보니, 예전에는 그토록 환상적이던 불면의 시간들이 순교의 시간으로 변해 버렸다.

동반되는 불안감. 물고기들한테서 너무 키스를 받다보면 내가 인간이 아닌 다른 것으로 변하고 마는 게 아닐까? 메기가 되면 어쩌지? 엄청난 변신의 순간을 초조하게 기다리며, 내 두 손이 내 몸을 쭉 훑었다.

세 살이 되어도 정말이지 하나도 좋은 게 없었다. 일본 사람들은, 이 나이부터는 신이 아니라고 생각하는데, 맞는 얘기다. 뭔가, 벌써, 없어져 버렸다. 그 무엇보다 소중한, 다시는 되찾을 수 없는, 세상의 너그러운 영속성에 대한 믿음 같은 것이 사라지고 말았다.

부모님한테서, 조금 있으면 일본 유치원에 다닐 것이라는 얘기도 들었다. 끔찍한 일만 예고하는 얘기였다. 뭐? 정원을 떠나? 내가 애들 무리에 섞여? 이 무슨 기괴한 생각인가?

더 심각한 일도 벌어졌다. 비로 정원 안에서, 불안이 감지되고 있었다. 자연은 일종의 포화 상태에 도달해 있었다. 나무들은 너무 푸르렀고, 잎이 너무 무성했다. 풀은 너무 더북하게 자랐고, 꽃들은 과식한 듯 흐드러지게 피었다. 8월의 절반이 지나고 나서부터는, 식물들의 부루퉁한 입가에 진탕 먹고 마신 흔적만 쓸쓸하게 남았다. 내가 모든 것에서 느끼던 생명의 힘이 무거움으로 변하고 있는 중이었다.

뭔지도 모른 채, 전진하지 않는 것은 후퇴한다는 우주의 가장 끔찍한 법칙 중 하나가 눈앞에서 구현되는 것을 보고 있었던 것이다. 성장 다음은 쇠락이다. 중간에는 아무것도 없다. 절정 같은 건 존재하지도 않는다. 그건 환상이다. 이래서, 여름이 없었던 것이다. 긴 봄, 생명력과 욕망이 무섭게 솟구쳤다. 하지만 이런 분출이 끝나기 무섭게 벌써 추락이었다.

8월 15일부터는, 죽음이 우세하다. 물론, 붉게 물드는 조짐이 조금이라도 보이는 잎사귀는 하나도 없었다. 물론, 잎이 무성한 나무들을 보면 조만간 옷을 벗을 것이라는 사실은 상상이 되지 않는다. 초목은 그 어느 때보다 울창하고, 화단은 번성해서, 황금기라고 느껴진다. 하지만 황금기가 아니다. 황금기라는 것이 불가능하기 때문에, 안정이라는 것이 존재하지 않기 때문에.

세 살 때, 나는 이런 것을 전혀 몰랐다. 나는, "끝날 것은 이미 끝났다"고 외치며 죽어 가는 왕과는 몇 광년 떨어져 있었다. 내가 느끼는 불안감을 뭐라고 표현할 수는 없었다. 하지만 느꼈다, 그렇다, 최후의 순간이 임박했다는 것을 느꼈다. 자연이 심하다 싶을 정도로 나왔다. 뭔가 감추고 있다는 얘기였다.

내가 다른 사람에게 이런 얘기를 했더라면 계절의 순환에 대한 설명을 들을 수 있었을 것이다. 세 살에는, 지난해를 기억하지 않는다. 똑같은 게 끝없이 돌아오는데, 굳이 확인할 필요가 없다. 새로운 계절은 그저 돌이킬 수 없는 끔찍한 재난이다.

두 살에는, 계절의 변화를 눈치채지 못하고, 관심도 없다. 4살에는, 계절의 변화를 알아차린다. 하지만 지난해에 대한 기억이 있어, 계절의 변화가 그저 흔하고 대단치 않은 일로 느껴질 뿐이다. 세 살에는, 불안과 초조가 절대적이다. 다 알아차리기는 하지만 하나도 이해하지 못하기 때문이다. 마음을 차분히 할 수 있게 참고할 민한 머리 속 판례가 전혀 없다. 세 살에는, 다른 사람한테 즉각 설명해 달라고 하지도 못한다. 어른들이 더 경험이 많다는 인식을 반드시 하는 게 아니기 때문이다. 어쩌면 이런 생각이 틀리지 않을 수도 있다.

세 살에는, 화성인이다. 세상 물정을 모르는 화성인이라는 사실은 흥미진진하기도 하지만 끔찍하다면 끔찍할 수도 있다. 생소하고 난해한 현상들이 눈에 보이는데, 아무 실마리도 없다. 오로지 자신의 눈에 보이는 것에 기반해서 규칙을 만들어내야 한다. 24시간 내내 아리스토텔레스 학파가 되어야 한다. 그리스인들에 대한 이야기를 한 번도 들어본 적이 없는 경우라면, 이것은 아주 진을 빼는 일이다.

제비 한 마리가 돌아왔다고 봄이 온 것은 아니다. 세 살에는, 제비가 몇 마리 돌아와야 뭔가에 대한 믿음을 가질 수 있는지 알고 싶어한다. 꽃이 한 송이 진다고 가을이 온 것은 아니다. 꽃의 사체가 두 구 있어도, 물론 아니다. 그래도 불안감이 조성되는 것은 어쩔 수 없다. 꽃 몇 송이가 임종을 맞아야 머리 속에서 다가오는 죽음에 대한 경종을 울려야 하나?

나, 점점 커지는 카오스를 해독하는 샹폴리옹(역자주 : 프랑스 언어학자. 이집트 상형문자 해독에 중요한 역할을 함)은, 내 팽이와 둘만의 시간을 가짐으로써 위안을 얻으려 했다. 팽이가 나에게 결정적인 정보를 넘겨줄 것이라고 느꼈다. 하지만 안타깝게도, 나는 팽이의 언어를 이해하지 못했다.

8월 말. 정오. 형벌의 시간이다. 잉어한테 먹이를 주러 가라.

용기. 네가 이미 수없이 해온 일이야. 그래도 살아남았잖아. 아주 괴롭지만 지나가고 말 시간이다.

나는 차고에서 쌀 과자를 집는다. 돌 연못으로 간다. 햇살이 수직으로 내리꽂히자 물이 알루미늄처럼 반짝거린다. 세 번의 연속적인 도약이 이렇게 반들반들하고 빛나는 표면을 금세 망쳐놓고 만다. 나를 본 예수, 마리아, 요셉이 뛰어오르고 있다. 다른 놈들에게 식사시간을 알려주는 자기들만의 방식인 것이다.

자기들이 날아다니는 물고기 — 뒤룩뒤룩한 봄을 볼 때 전적으로 역겨운 얘기다 — 인 줄 알더니, 이번에는 벌어진 입을 수면에 딱 대놓고 기다리고 있다.

내가 음식 쪼가리를 던진다. 아가리 다발이 그 위로 달려든다. 열린 호스들이 삼킨다. 삼키고 나더니 더 아우성이다. 놈들이 목구멍을 얼마나 쩍 벌리고 있는지, 조금만 몸을 숙이면 위까지 들여다보일 것 같다. 내가 계속 끼닛거리를 나눠주는 동안 3인조가 보여주는 모습 때문에, 나는 점점 의식이 혼미해진다. 보통, 피조물은 몸의 내부를 감추고 있다. 만약 사람이 내장을 드러내놓고 있으면 어떻게 되겠는가?

잉어들은 이 중대한 금기를 깼다. 자신들의 소화관을 훤히 드러내 놓고 나더러 보라는 것이다.

이게 혐오스러워? 네 뱃속도 마찬가지야. 이 장면이 너를 끈질기게 쫓아다니는 건, 네가 거기서 자신의 모습을 발견하기 때문일 수도 있어. 네가 속하는 부류는 다르다고 생각해? 덜 추접스럽긴 하지만, 너희들도 먹긴 먹지. 네 엄마나 언니의 속도 다르지 않아.

넌 뭐 다른 거라도 되는 줄 아냐? 너도 파이프에서 나온 파이프야. 너는, 근래에는, 진화한다는, 생각하는 물질이 되고 있다는 우쭐한 기분을 느꼈지. 별볼일 없어. 잉어의 입에 네 상스러운 모습이 투영되는 게 아니면, 무엇 때문

에 네가 이토록 언짢아하겠어? 넌 파이프고, 다시 파이프
가 될 존재라는 걸 잊지 마.

나는, 내게 이런 끔찍한 소리를 하는 목소리를 입 다물
게 했다. 나는, 2주일 전부터, 매일 정오마다 양어장과 맞
선다. 그리고, 이런 혐오스러움에 익숙해지기는커녕 갈수
록 민감해지는 나 자신을 발견한다. 내가 그 동안 말도 안
되는 애교, 변덕이라고 치부해 왔던 이 혐오감이 혹시 신
성한 계시이기라도 하다면? 그렇다면 과감하게 맞닥뜨려
이해를 해야 한다. 목소리가 말을 하게 가만히 내버려 두
어야 한다.

그러니까 보라고. 두 눈으로 똑똑히 보라고. 네가 보고
있는 막(膜), 창자, 바닥이 없어서 끝없이 채워줘야 하는
구멍, 이게 바로 삶이야. 삼키고 나서도 텅 비어 있는 이
호스가 바로 삶이란 말이야.

내 두 발이 연못가에 있다. 나는 두 발을 의심스럽게 살
핀다, 더 이상 두 발에 확신이 없다. 내 두 눈은 다시 위를
향하며 정원을 쳐다본다. 이제 정원은 나를 보호해 주던
예전의 그 보석함이, 그 완벽한 울타리가 아니다.

먹이를 삼키는 잉어 입들의 삶과 서서히 부패하는 식물

들의 죽음 사이에서, 넌 뭘 선택할래? 구역질하고 싶은 마음이 조금이라도 덜 생기는 게 어떤 거냐?

나는 더 이상 깊이 생각하지 않는다. 몸을 부르르 떤다. 내 두 눈이 다시 동물들의 아가리를 향해 내려간다. 몸이 춥다. 구토가 난다. 두 다리가 나를 더 이상 지탱하지 못한다. 나는 더 이상 버티려고도 하지 않는다. 머리가 몽롱해지면서 연못으로 떨어지고 만다.

머리가 돌 바닥에 부딪힌다. 충격에서 오는 고통은 거의 순식간에 사라진다. 몸은, 내 의지와 따로 놀면서, 뒤집힌다. 나는 중간 수심에서 수평자세를 취하고 있다. 마치 수심 1미터 깊이에서 배영을 하는 모습이다. 그리고 이 자리에서 꼼짝하지 않는다. 내 주변이 다시 평정을 찾는다. 불안감은 눈 녹듯이 사라졌다. 나는 아주 편안하다.

웃기는 일이다. 지난번에 물에 빠졌을 때는 내 안에 저항심이, 분노가, 거기서 벗어나고자 하는 강한 욕구가 있었다. 그런데 이번은 전혀 그렇지 않다. 나 스스로 선택한 것이다. 나는 지금 숨이 막히는 것조차 느끼지 못하고 있으니까.

달콤하리만큼 차분한 마음으로, 나는 연못의 수면을 통

해 하늘을 관찰하고 있다. 햇살은 물 속에서 올려다보고 있을 때가 가장 아름답다. 처음 물에 빠졌을 때 이미 들었던 생각이다.

참 편안하다. 이렇게까지 편안한 적은 한 번도 없었다. 여기서 보이는 세상이 내 마음에 딱 든다. 액체가 나를 완벽하게 소화시켜, 나는 이제 소용돌이 하나 일으키지 않는다. 나의 난입으로 기가 죽은 잉어들은 한쪽 구석에 몸을 웅크리고 숨더니 꼼짝하지 않는다. 유체(流體)가 고인 물처럼 조용히 굳어버리면서, 나는 거대한 외알박이 안경을 쓴 것처럼 정원의 나무들을 바라볼 수 있다. 나는 대나무만 쳐다보겠다고 생각한다. 우리 우주에, 대나무만큼 찬미할 만한 가치가 있는 건 없으니까. 대나무들과 나 사이를 가로막고 있는 물의 두께 때문에 대나무가 한층 더 아름다움을 발하고 있다.

나는 행복한 미소를 짓는다.

갑자기, 대나무와 나 사이에 뭔가 끼여든다. 야릿야릿한 사람의 모습이 나타나더니 내 쪽으로 몸을 숙인다.

나는, 이 사람은 나를 건져 올리고 싶어하겠지, 하고 성가시다는 생각을 한다. 더는 조용하게 자살을 할 수도 없다니까.

어라, 아니잖아. 물의 프리즘을 통해 나를 발견한 사람의 이목구비가 서서히 드러난다. 카시마상이다. 이내 두려움이 사라진다. 카시마상은 진짜 옛날 일본 사람이다. 게다가 나를 끔찍이 싫어한다. 나를 구하지 않을 두 가지 좋은 이유를 갖추고 있는 것이다.

역시. 카시마상의 우아한 얼굴에는 감정의 동요가 없다. 그녀는, 몸을 움직이지는 않고 나를 똑바로 쏘아보기만 한다. 내가 만족스러워하는 게 보이나? 모르겠다. 구식 일본 여성의 머리 속에 무슨 생각이 들어 있는지 알아맞히는 게 어디 쉬운 일인가?

딱 한 가지는 확실하다. 이 여자는 나의 편안한 죽음을 방해하지 않을 것이다.

저승과 정원의 중간에서, 나는 머리 속으로 소리 없이 말한다.

'카시마상, 결국 난 우리 둘의 마음이 맞을 줄 알았어. 이제, 만사 형통이야. 바다에 빠졌을 때는, 나를 구할 생각은 하지 않고 해변에서 바라보기만 하는 사람들을 보면서 정말 도는 줄 알았어. 그런데, 지금은, 당신 덕분에 그 사람들을 이해할 수 있어. 그들은 당신만큼 차분했지. 우주의 질서를 어지럽히고 싶지 않았던 거야. 나는 물로 죽어야 한다는 우주의 질서 말이야. 익사할 사람은 결국 익사하지. 증거가 있잖아. 우리 엄마가 물 밖으로 꺼내 줬지만 나는 결국 다시 물에 들어와 있는 걸.'

환영일까? 카시마상이 웃는 것같이 보인다.

'당신, 잘 웃는 거야. 어떤 사람이 운명의 순간을 맞을 때는, 웃어줘야지. 난 기뻐. 이제 다시는 잉어 밥을 주러 오지 않아도 되고, 절대 일본을 떠날 일이 없을 것이라는 사실을 알기에.'

이번에는 똑똑히 보인다. 카시마상이 웃고 있다, 드디어 내게 웃어주고 있어! 잠시 후, 그녀는 여유 있게 자리를 떠난다.

이제 나는 죽음과 단둘이 남았다. 나는 카시마상이 아무에게도 알리지 않을 것이라고 확신한다. 내 생각이 맞다.

명이 끊어지려면 시간이 걸린다. 나는 아주 한참 전부터 물 가운데 떠 있다. 다시 카시마상을 생각한다. 생명을 구할 생각은 않고 죽는 모습을 바라보고만 있는 사람의 표정만큼 매혹적인 것은 없어. 연못에 손만 넣으면 세 살배기 어린애를 소생시킬 수 있었을 것이다. 하지만, 그렇게 했다면, 카시마상이 아니지.

나한테 벌어지고 있는 일에서 가장 안도감이 느껴지는 부분은, 내가 더 이상은 죽음을 두려워하지 않을 것이라는 사실이다.

1945년, 일본 남쪽 섬, 오키나와에서는, 대체 무슨 일이 벌어졌나? 내가 도저히 형언할 길이 없는 일이다.

일본이 항복한 직후였다. 오키나와 주민들은, 전쟁에서 패했고, 이미 섬에 상륙을 시작한 미국인들이 섬 전역으로 진군하리라는 것을 알고 있었다. 새로운 지침에 따라 더 이상 무기를 들어서는 안 된다는 것도 알고 있었다.

주민들의 정보는 여기서 그쳤다. 얼마 전에 우두머리들로부터 미국 사람들이 자신들을 몰살할 것이라는 얘기를 들은 섬사람들은 그 얘기를 철석같이 믿고 있었다. 그래서, 전진을 시작한 백인 병사들을 피해 후퇴하기 시작했다. 승리한 적이 점점 섬을 장악해옴에 따라 주민들은 계속 뒤로 물러났다. 결국은 섬의 맨 끄트머리까지 오게 되었다. 길고 가파른 절벽이 바다 위로 솟아 있는 곳이었다. 적들의 손에 죽을 것이라고 믿고 있던 주민들 상당수가 절벽 위에서 몸을 날려 죽음을 택했다.

절벽은 아주 높았고, 절벽 아래 해안은 날카로운 암초로 뒤덮여 있었다. 절벽에서 투신한 사람들 중에서 살아남은 사람은 단 한 명도 없었다. 현장에 도착해서 이 광경을 본 미국인들은 몸서리를 쳤다.

1989년, 나는 이 절벽을 구경하러 갔다. 아무것도 없다. 거기서 무슨 일이 벌어졌는지 알려주는 안내판 하나 없다. 몇 시간만에 수많은 사람들이 자살을 한 곳인데, 아무런 흔적도 남아 있지 않다. 바위로 떨어지면서 산산조각난 몸들은 바다가 삼켜버렸다. 일본에서는 여전히 셉뿌꾸(역자주 : 할복)보다는 물에 빠져 죽는 게 흔한 일이다.

그곳에 서면, 거기서 그렇게 집단 자살을 선택한 사람들의 입장이 되어보지 않을 수 없다. 그 사람들 중 상당수는 고문이 두려워 자살을 했을지도 모른다. 그곳의 눈부신 아름다움에 이끌려, 애국자로서의 자긍심을 상징적으로 나타내는 자살이라는 행동을 택하게 된 사람도 많을지 모른다.

그렇다고 해도, 이 대량 살육의 제1 방정식은 여전히 다음과 같다. 이 멋진 절벽 꼭대기에서 수많은 사람들이 스스로 목숨을 끊은 것은, 다른 사람의 손에 죽고 싶지 않았기 때문이다. 죽음이 두려워서 죽음으로 뛰어든 것이다. 여기서 보이는 역설적인 논리에 나는 경악을 금치 못하겠다.

그 행동을 두고 잘 했다, 못 했다 얘기하는 게 아니다. 가타부타 해봤자 오키나와의 시신들한테는 하나도 도움이 안 될 테고. 그렇지만 나는, 자살을 하는 제일 큰 이유가 죽음에 대한 두려움이라는 생각은 줄곧 하고 있다.

세 살 때, 나는 이 모든 걸 하나도 모른다. 잉어가 있는 연못에서 명이 끊어지기를 기다리고 있다. 내 삶이 필름처럼 눈앞에 펼쳐지기 시작하는 걸 보니, 중요한 순간이 가까워진 게 분명하다. 내가 살아온 삶이 짧아서 그럴까? 내 존재의 세세한 장면들을 볼 수가 없다. 너무 빨리 달리는 열차 안에서, 별것 아니라고 추측해 보는 역들의 이름이다 눈에 들어오지 않을 때와 마찬가지다. 상관없다. 나는 고통 없는 멋진 세계로 빠져든다.

3인칭 단수가, 서서히, 여섯 달 동안 내게 도움을 준 '나'의 자리를 다시 차지하고 있다. 점점 생명력을 상실하는 존재는 다시 파이프가 됨을 느낀다. 어쩌면 한 번도 파이프가 아니었던 적이 없는지도 모르지만.

곧, 몸은 호스에 지나지 않을 것이다. 그토록 좋아하는 원소, 죽음을 부르는 원소에 휩쓸려버리고 말 것이다. 배관에서 드디어 불필요한 기능들이 떨어지고 나면, 물이 밀치고 들어올 것이다. 물만 밀려들어올 것이다.

갑자기, 손 하나가 죽어가는 꾸러미를 가까스로 붙잡아 흔든다. 난폭하게, 고통스럽게 일인칭 단수로 되돌려 놓는다.

아가미인 줄 알고 있던 내 폐 속으로 공기가 들어온다. 아프다. 나는 움부짖는다. 니는 살아 있다. 두 눈도 되찾았다. 나를 물에서 꺼낸 사람이 니쇼상이라는 걸 알았다.

니쇼상이 고함을 지른다. 도와달라고 소리친다. 니쇼상

도 살아 있구나. 니쇼상이 나를 팔에 감싸안고 집안으로
뛰어들어가서 엄마를 찾는다. 엄마가 나를 보더니 소리를
지른다.

"빨리 고베 병원으로 가야겠어!"

니쇼상이 엄마를 따라 차까지 뛰어온다. 어떤 상태에서
나를 구했는지 일어, 불어, 영어, 신음 소리를 섞어 가며
콩팔칠팔 한다.

엄마는 나를 아무렇게나 뒷좌석으로 밀어 넣고 출발한
다. 전속력으로 달린다. 사람을 살릴 생각이면서 이렇게
밟아대다니, 얼마나 웃기는 일인가. 내가 무슨 일을 당했
는지 설명을 해주는 걸 보니, 엄마는 내가 의식이 없었다
고 생각하는 게 틀림없었다.

"넌 잉어한테 먹이를 주다가 미끄러져서 연못으로 떨어
졌어. 평소 같았으면 아무 문제 없이 수영을 했겠지. 그런
데, 떨어지면서 돌 바닥에 이마를 찧어서 의식을 잃고 말
았어."

나는 엄마 얘기를 들으면서 당황한다. 엄마 얘기가 사실
과 다르다는 걸 잘 알기 때문이다.

엄마는 아득바득 이렇게 물어본다.

"알겠니?"

"응."

나는 엄마에게 사실대로 말하면 안 된다는 것을 깨닫는다. 이 정도의 공식적인 사건 해석으로 만족하는 게 낫겠다. 더구나 그 일을 엄마에게 어떻게 얘기해야 하는지도 모르겠다. 자살이라는 단어를 모르니까.

하지만 분명히 말해두고 싶은 게 한 가지 있다.

"이제 다시는 잉어한테 밥 주기 싫어!"

"당연하지. 이해해. 다시 물에 빠질까봐 겁이 나는 거야. 앞으로는 잉어한테 밥 주지 않아도 된다고 엄마가 약속할게."

이 정도라도 건진 게 어디야. 내가 헛수고한 건 아니군.

"엄마가 안아 줄게, 우리 같이 가서 먹이 주자."

나는 눈을 감는다. 모든 게 다시 원점이다.

병원에서, 엄마는 나를 응급실로 데려간다. 엄마가 내게 말한다.

"네 머리에 구멍이 하나 났어."

어, 이건 새로운 소식인걸. 황홀하다. 더 알고 싶다.

"어디?"

"이마에, 네가 찧은 데 말이야."

"커다란 구멍?"

"응. 피가 많이 나와."

엄마는 손가락을 내 관자놀이에 댔다가 들어올리면서 피 묻은 모습을 보여준다. 나는, 넋이 나가, 검지손가락을 쩍 벌어진 상처에 담근다. 나 정신 나갔소, 하고 광고하는 꼴이라는 사실도 모른 채 말이다.

"기다란 구멍이 느껴져."

"그래. 살이 찢어졌어."

나는 환희에 차서 내 피를 쳐다본다.

"거울에 내 모습을 비쳐보고 싶어! 머리에 난 구멍을 보고 싶어!"

"진정해라."

간호사들이 나를 돌봐주고 엄마를 안심시킨다. 간호사들끼리 하는 얘기를 나는 듣지도 않는다. 이마에 난 구멍 생각을 하고 있다. 구멍을 볼 권리가 없기 때문에, 상상해보고 있다. 측면에 구멍이 뚫린 내 머리를 그려보고 있다.

나는 황홀감으로 몸서리친다.

나는 다시 손가락을 구멍에 댄다. 구멍을 통해 머리 속으로 들어가 내부를 탐사해 보고 싶다. 간호사 하나가 가만히 내 손을 잡으며 말린다. 이거, 원, 자기 몸도 마음대로 못하니.

"이마를 꿰맬 거야."

엄마가 말했다.

"실하고 바늘로?"

"대충 그런 거."

내가 마취를 했었는지는 기억이 나지 않는다. 두툼한 검은 색 실과 바늘을 들고 있는 의사의 모습이 아직도 내 위에 보이는 것 같다. 손님 몸에 직접 옷본을 대고 수정하는 디자이너처럼, 내 관자놀이의 절개된 부분을 꿰매고 있는 의사 말이다.

처음이자 지금까지 단 한 번뿐이었던 나의 자살 기도는 이렇게 막을 내렸다.

나는 그게 사고가 아니었다는 얘기를 부모님에게 절대

하지 않았다.

카시마상이 이상하게 반응을 보이지 않더라는 얘기도 결코 하지 않았다. 얘기를 했으면 틀림없이 그녀가 난처해졌을 것이기 때문이다. 나를 증오하고 있던 그녀로서는 내가 곧 죽는다는 사실이 분명히 좋았을 것이다. 하지만 나는, 그녀가 내 행동의 참된 본질을 짐작하고 내 선택을 존중한 것일 수도 있다는 가능성을 배제하지 않는다.

멀쩡하게 살아나서 억울하고 분했던가? 그렇다. 하지만 때맞춰 구해줘서 안도감을 느끼지는 않았는가? 그렇다. 나는 그래서 무관심해지기로 했다. 살든, 죽든, 결국 나한테는 마찬가지였다. 후일을 기약하자.

지금까지도, 나는 딱 잘라 입장을 정리할 수 없다. 1970년 8월말에, 잉어가 있는 연못에서 길이 끝나는 게 나았을까? 어떻게 알겠는가? 삶이 한 번도 지루한 적은 없었다. 하지만 저 건너편에 가면 재미가 없었을 것이라고 나한테 얘기할 수 있는 사람이 누가 있나?

대단히 심각한 건 아니다. 어쨌거나, 목숨을 보전하는 것은 에돌아가는 방법일 뿐이니까. 언젠가, 더 이상 시간을 벌 방법이 없을 때가 올 것이다. 제아무리 좋은 뜻을 가진 사람들도 어쩔 수 없을 것이다.

확실하게 기억나는 것은, 물 가운데 떠 있으면서 아주 편안했다는 것이다.

이따금씩, 내가 꿈을 꾼 것은 아닌지, 그때의 결정적인 사건이 환상은 아닌지, 긴가민가 할 때가 있다. 그러면 나는 거울에 가서 내 모습을 비쳐본다. 왼편 관자놀이에, 생생한 웅변으로 말하고 있는 흉터가 보인다.

이후로는, 더 이상 아무 일도 일어나지 않았다.